btb

Sie haben Glück gehabt, denken sich Myriam und Paul, als sie Louise einstellen – eine Nanny wie aus dem Bilderbuch, die auf ihre beiden kleinen Kinder aufpasst, in der schönen Pariser Altbauwohnung im 10. Arrondissement. Sie ahnen nichts von den Abgründen und von der Verletzlichkeit der Frau, der sie das Kostbarste anvertrauen, das sie besitzen. Von der tiefen Einsamkeit, in der sich Louise zu verlieren droht. Bis eines Tages die Tragödie über die kleine Familie hereinbricht. Ebenso unaufhaltsam wie schrecklich.

»Eine grandiose Erzählerin.« ELLE

»Man will einfach wissen, wie das Unfassbare geschehen konnte.« DIE WELT

»Großartig.« FAS

LEÏLA SLIMANI gilt als eine der wichtigsten literarischen Stimmen Frankreichs. Die französisch-marokkanische Schriftstellerin und Journalistin wurde 1981 in Rabat geboren und kam mit 17 Jahren nach Paris, wo sie an der renommierten Universität Sciences Po studierte. Ihre Bücher sind internationale Bestseller. Für den Roman »Dann schlaf auch du« wurde ihr der renommierte Prix Goncourt zuerkannt. »All das zu verlieren«, ebenfalls preisgekrönt, erscheint in 25 Ländern. Mit ihren jüngsten beiden Romanen »Das Land der Anderen« und »Schaut, wie wir tanzen« stand sie wochenlang auf Platz 1 der französischen Bestsellerliste. Bei btb sind außerdem zwei Essaybände erschienen: »Sex und Lügen – Gespräche mit Frauen aus der islamischen Welt« sowie »Warum so viel Hass?«. In dem Memoir »Der Duft der Blumen bei Nacht« gibt Leïla Slimani Einblick in ihre ganz persönliche Welt.

Leïla Slimani

Dann schlaf auch du

Roman

Aus dem Französischen
von Amelie Thoma

btb

Die französische Originalausgabe erschien 2016 unter dem Titel »Chanson Douce« bei Éditions Gallimard, Paris.

Dieses Buch erscheint im Rahmen des Förderprogramms des Französischen Außenministeriums, vertreten durch die Kulturabteilung der Französischen Botschaft in Berlin.

MIX
Papier | Fördert gute Waldnutzung
FSC® C014496

Penguin Random House Verlagsgruppe FSC® N001967

6. Auflage
Genehmigte Taschenbuchausgabe November 2018

Neumarkter Str. 28, 81673 München
Covergestaltung: semper smile, München
nach einem Entwurf von buxdesign, München
unter Verwendung eines Motivs von © Plainpicture/Scarlett Coten
Druck und Einband: GGP Media GmbH, Pößneck
Klü · Herstellung: sc
Printed in Germany
ISBN 978-3-442-71742-2

www.btb-verlag.de
www.facebook.com/penguinbuecher

Für Émile

Miss Vezzis kam von jenseits der Grenze. Sie sollte bis zur Ankunft einer ordnungsgemäß ausgebildeten Kinderfrau den Nachwuchs einer Dame beaufsichtigen. Die Dame sagte, Miss Vezzis wäre ein schlechtes, schmutziges und unzuverlässiges Kindermädchen. Ihr kam nie in den Sinn, dass Miss Vezzis ein eigenes Leben und eigene Angelegenheiten hatte, um die sie sich sorgte, und dass diese Dinge für Miss Vezzis das Wichtigste auf der Welt waren.

RUDYARD KIPLING
Schlichte Geschichten aus den indischen Bergen

»Verstehen Sie das, verstehen Sie das, sehr verehrter Herr, was das heißt, wenn man nirgends mehr hingehen kann?« Plötzlich fiel ihm die gestrige Frage Marmeladows ein. »Denn jeder Mensch muss doch irgendwo hingehen können ...«

FJODOR M. DOSTOJEWSKI
Verbrechen und Strafe

Das Baby ist tot. Wenige Sekunden haben genügt. Der Arzt hat versichert, dass es nicht leiden musste. Man hat es in eine graue Hülle gelegt und den Reißverschluss über dem verrenkten Körper zugezogen, der inmitten der Spielzeuge trieb. Die Kleine dagegen war noch am Leben, als die Sanitäter kamen. Sie hatte sich gewehrt wie eine Wilde. Man hat Spuren des Kampfes gefunden, Hautfetzen unter ihren weichen Nägeln. Im Notarztwagen, der sie ins Krankenhaus brachte, zuckte sie, von Krämpfen geschüttelt. Mit hervorquellenden Augen schien sie um Luft zu ringen. Ihre Kehle war voller Blut gelaufen. Ihre Lungen waren durchlöchert, und sie hatte sich den Kopf heftig an der blauen Kommode gestoßen.

Man hat den Tatort fotografiert. Die Polizei hat Fingerabdrücke genommen, Bad und Kinderzimmer vermessen. Der Prinzessinnenteppich auf dem Fußboden war blutgetränkt. Der Wickeltisch war halb umgestürzt. Die Spielsachen wurden in durchsichtigen Säckchen fortgebracht und versiegelt. Selbst die blaue Kommode wird beim Prozess gebraucht werden.

Die Mutter stand unter Schock. Das haben die Feuerwehrleute gesagt, die Polizisten wiederholt, die Journalisten geschrieben. Als sie das Zimmer betrat, in dem ihre Kinder hingestreckt lagen, hat sie einen Schrei ausgestoßen, aus tiefsten Tiefen, das Geheul einer Wölfin. Es hat die Mauern zum Erzittern gebracht, und die Nacht ist über diesen Maitag hereingebrochen. Sie hat sich übergeben, und so fand sie die Polizei, mit verschmierten Kleidern, im Zimmer zusammengekauert, schluchzend wie eine Wahnsinnige. Sie hat sich die Lunge aus dem Leib geschrien. Auf ein Zeichen des Sanitäters haben sie sie hochgezogen, aller Gegenwehr und allen Fußtritten zum Trotz. Sie haben sie langsam aufgerichtet, und die junge Notärztin hat ihr ein Beruhigungsmittel verabreicht. Die Frau war den ersten Monat im Einsatz.

Die andere, die musste man auch retten. Mit derselben Professionalität, Unvoreingenommenheit. Sie hat es nicht fertiggebracht zu sterben. Den Tod konnte sie nur bringen. Sie hat sich die Handgelenke aufgeschlitzt und das Messer in die Kehle gerammt. Am Fuß des Gitterbettchens hat sie das Bewusstsein verloren. Die Sanitäter haben sie stabilisiert, ihren Puls und den Blutdruck gemessen. Sie haben sie auf die Trage gelegt, und die Notärztin hat die Hand auf ihren Hals gepresst.

Unten vor dem Haus haben sich die Nachbarn versammelt. Vor allem Frauen sind da. Es ist gleich Zeit, die Kinder von der Schule abzuholen. Sie schauen auf den Krankenwagen, die Augen tränenverschleiert. Sie weinen, und sie wollen etwas erfahren. Sie stellen sich auf die Zehenspitzen. Versuchen zu erkennen, was sich hinter der Polizeisperre abspielt, im Innern des Krankenwagens, der mit heulenden Sirenen losrast. Sie tauschen flüsternd Informationen aus. Schon geht das Gerücht um. Den Kindern ist ein Unglück zugestoßen.

Es ist ein schönes Gebäude in der Rue d'Hauteville, im 10. Arrondissement. Ein Haus, in dem sich die Nachbarn, ohne sich zu kennen, freundlich grüßen. Das Appartement der Massés liegt im fünften Stock. Es ist das kleinste von allen. Paul und Myriam haben im Wohnzimmer eine Wand einziehen lassen, als ihr zweites Kind geboren wurde. Sie schlafen in einem winzigen Raum, zwischen der Küche und dem Fenster, das auf die Straße geht. Myriam liebt Möbel vom Trödler und Berberteppiche. Die Wände hat sie mit japanischen Drucken dekoriert.

Heute ist sie früher nach Hause gekommen. Sie hat eine Sitzung abgekürzt und das Lesen einer Akte auf morgen verschoben. Noch in der Metro, auf dem Klappsitz im Wagen der Linie 7, hat sie beschlossen, die Kinder zu überraschen. Unterwegs hat sie in der Bäckerei ein Baguette, etwas Süßes für die Kleinen und einen Orangen-Teekuchen für die Nanny gekauft. Den mag sie am liebsten.

Sie wollte mit ihnen Karussell fahren gehen. Danach würden sie zusammen fürs Abendessen einkaufen. Mila würde ein Spielzeug haben wollen, Adam in seinem Buggy an einem Brotkanten lutschen.

Adam ist tot. Mila wird ihren Verletzungen erliegen.

»Keine ohne Papiere, da sind wir uns einig? Bei einer Putzfrau oder einem Maler stört es mich nicht. Diese Leute müssen ja auch irgendwie arbeiten, aber mit den Kindern ist das zu riskant. Ich will niemanden, der Angst hat, die Polizei zu rufen oder ins Krankenhaus zu gehen, wenn es ein Problem gibt. Ansonsten nicht zu alt, unverschleiert und Nichtraucherin. Das Wichtigste ist, dass sie flexibel ist und nicht so dröge. Dass sie schuftet, damit wir schuften können.« Paul hat alles vorbereitet. Er hat eine Liste mit Fragen aufgestellt und dreißig Minuten pro Gespräch eingeplant. Sie haben sich den Samstagnachmittag freigehalten, um eine Nanny für ihre Kinder zu finden.

Ein paar Tage vorher, als Myriam ihrer Freundin Emma von der Suche erzählte, hat diese sich über die Frau beklagt, die ihre Jungs hütet. »Die Nounou hat selbst zwei Kinder hier, also kann sie nie länger bleiben oder abends babysitten. Das ist wirklich unpraktisch. Denkt daran, wenn ihr die Bewerbungsgespräche führt. Wenn eine Kinder hat, dann besser nicht hier in Frankreich.« Myriam hat sich für den Rat bedankt. Aber eigentlich war ihr Emmas Überlegung unangenehm. Hätte ein Arbeitgeber so über sie oder eine ihrer Freundinnen gesprochen, sie hätten sich sofort lauthals über die Diskriminierung beschwert. Sie fand den Gedanken schrecklich, eine Frau auszuschließen, weil sie Kinder hatte. Mit Paul spricht sie lieber nicht darüber. Ihr Mann ist wie Emma. Ein Pragmatiker, der seine Familie und seine Karriere über alles stellt.

Heute Morgen sind sie alle zusammen auf den Markt gegangen. Mila auf Pauls Schultern und Adam schlafend im Kinderwagen. Sie haben Blumen gekauft, und jetzt räumen sie die Wohnung auf. Sie wollen vor den Nannys, die sich vorstellen werden, eine gute Figur machen. Sie sammeln die auf dem Boden, unter ihrem Bett und sogar im Bad herumliegenden Bücher und Zeitschriften auf. Paul bittet Mila, ihr Spielzeug in große Plastikkisten zu räumen. Die Kleine weigert sich heulend, und am Ende ist er es, der alles an die Wand stapelt. Sie legen die Anziehsachen der Kinder zusammen, wechseln die Bettwäsche. Sie putzen, schmeißen weg, versuchen verzweifelt, frischen Wind in diese Wohnung zu bringen, in der sie ersticken. Die Bewerberinnen sollen sehen, dass sie nette Leute sind, anständige und ordentliche Leute, die sich bemühen, ihren Kindern das Beste zu bieten. Und es soll klar sein, dass sie die Arbeitgeber sind.

Mila und Adam machen Mittagsschlaf. Myriam und Paul sitzen auf der Bettkante. Bang und unbehaglich. Sie haben ihre Kinder noch nie jemandem anvertraut. Myriam war gerade dabei, ihr Jurastudium zu beenden, als sie mit Mila schwanger wurde. Zwei Wochen vor der Geburt machte sie ihren Abschluss. Paul reihte einen Assistenzjob an den anderen, voller Optimismus, wie damals, als sie sich kennenlernten und er Myriam genau deswegen so gefiel. Er war überzeugt, dass er für zwei arbeiten könnte. Sicher, dass er es als Musikproduzent zu etwas bringen würde, trotz Krise und reduzierter Budgets.

Mila war ein anfälliges, unruhiges Baby, das immerzu weinte. Sie nahm nicht zu, wollte weder an der Brust ihrer Mutter noch aus den Fläschchen trinken, die ihr Vater zubereitete. Über die Wiege gebeugt, vergaß Myriam den Rest der Welt. Alles, was sie interessierte, war, dass dieses schwächliche, plärrende Mädchen ein paar Gramm zulegte. Sie nahm gar nicht wahr, wie die Monate vergingen. Paul und sie schleppten Mila überallhin mit. Sie taten so, als bemerkten sie nicht, dass ihre Freunde sich darüber aufregten und hinter ihrem Rücken sagten, ein Baby gehöre nicht in eine Bar oder ein Restaurant. Aber Myriam wollte absolut nichts von einem Babysitter wissen. Sie allein war in der Lage, ihrer Tochter zu geben, was sie brauchte.

Mila war kaum anderthalb, als Myriam wieder schwanger wurde. Sie hat immer behauptet, es sei ein Unfall gewesen. »Die Pille ist niemals hundertprozentig sicher«, sagte sie lachend zu ihren Freundinnen. In Wahrheit hatte sie es darauf angelegt. Adam war ihre Ausrede, um noch ein bisschen zu Hause zu bleiben. Paul hatte nichts dagegen einzuwenden. Er war gerade als Tonassistent bei einem renommierten Studio angestellt worden, wo er, den Launen und Lebensrhythmen der Künstler ausgesetzt, seine Tage und Nächte zubrachte. Seine Frau schien ganz in dieser instinktiven Mutterschaft aufzugehen. Das Leben in einem Kokon, abgeschlossen von der Welt und den anderen, beschützte sie vor allem.

Und dann begann ihr die Zeit lang zu werden, das perfekte familiäre Räderwerk geriet ins Stocken. Pauls Eltern, die ihnen seit Milas Geburt immer geholfen hatten, verbrachten mehr und mehr Zeit in ihrem Haus auf dem Land, wo sie größere Umbauarbeiten in Angriff genommen hatten. Einen Monat vor Myriams Niederkunft planten sie eine dreiwöchige Asienreise und sagten Paul erst im letzten Moment Bescheid. Er war empört darüber und beklagte sich bei Myriam über den Egoismus und die Unzuverlässigkeit seiner Eltern. Aber Myriam war erleichtert. Sie ertrug es nicht, Sylvie um sich zu haben. Lächelnd hörte sie sich die Ratschläge ihrer Schwiegermutter an, biss sich auf die Zunge, während diese den Kühlschrank inspizierte und bemängelte, was sich darin befand. Sylvie kaufte Salat aus biologischem Anbau. Sie kochte für Mila, hinterließ aber die Küche in einem unsäglichen Chaos. Myriam und sie waren sich in nichts einig, und in der Wohnung herrschte ein greifbares, brodelndes Unbehagen, das jeden Moment in eine tätliche Auseinandersetzung umzuschlagen drohte. »Lass deine Eltern machen, was sie wollen. Sie haben recht. Sie sollten es ausnutzen, dass sie jetzt frei sind«, hatte Myriam schließlich zu Paul gesagt.

Sie konnte die Tragweite dessen, was sie erwartete, nicht ermessen. Mit zwei Kindern wurde alles viel komplizierter: einkaufen, die Kleinen baden, zum Arzt gehen, der ganze Haushalt. Die Rechnungen häuften sich. Myriam fühlte sich immer elender. Sie begann die Ausflüge in den Park zu hassen. Die Wintertage kamen ihr endlos vor. Milas Capricen nervten sie, Adams erstes Geplapper war ihr gleichgültig. Jeden Tag wuchs ihr Bedürfnis, alleine herumzulaufen, und sie hatte Lust, mitten auf der Straße wie eine Verrückte zu schreien. »Sie fressen mich bei lebendigem Leib auf«, sagte sie sich manchmal.

Sie war eifersüchtig auf ihren Mann. Abends erwartete sie

ihn fiebrig hinter der Tür. Eine Stunde lang beschwerte sie sich über das Geschrei der Kinder, die Enge der Wohnung, ihren Mangel an Freizeit. War er endlich an der Reihe, von den abenteuerlichen Aufnahmen einer Hip-Hop-Band zu erzählen, stieß sie aus: »Du hast's gut.« Er erwiderte: »Nein, du hast's gut. Ich würde sie so gern heranwachsen sehen.« Bei diesem Spiel gab es niemals einen Gewinner.

Nachts sank Paul neben ihr in den tiefen, wohlverdienten Schlaf eines Mannes, der den ganzen Tag gearbeitet hat. An ihr nagten Bitterkeit und Reue. Sie dachte an die Anstrengungen, die sie unternommen hatte, um ganz ohne finanzielle und elterliche Unterstützung ihr Studium durchzuziehen, an ihre Freude, als sie in den Anwaltsstand erhoben wurde, daran, wie Paul sie zum ersten Mal in der neuen Robe fotografiert hatte, stolz und strahlend vor ihrem Haus.

Monatelang hat sie vorgegeben, mit der Situation klarzukommen. Selbst Paul konnte sie nicht sagen, wie sehr sie sich schämte. Wie sehr sie darunter litt, dass sie von nichts anderem zu erzählen hatte als den Albernheiten ihrer Kinder und den Unterhaltungen zwischen Fremden, die sie im Supermarkt belauschte. Sie fing an, alle Einladungen zu Abendessen auszuschlagen, ging nicht mehr ans Telefon, wenn ihre Freunde anriefen. Sie hütete sich vor allem vor den Frauen, die so grausam sein konnten. Am liebsten hätte sie diejenigen erwürgt, die so taten, als bewunderten oder, schlimmer noch, beneideten sie sie. Sie ertrug es nicht mehr zu hören, wie sie sich über ihre Arbeit beklagten und darüber, dass sie ihre Kinder nicht genug sahen. Am allermeisten fürchtete sie Leute, die sie noch nicht kannte. Die ganz unschuldig fragten, was sie beruflich mache, und sich abwandten, wenn sie sagte, sie sei Hausfrau.

Einmal hat sie nach dem Einkaufen bei Monoprix am Boulevard Saint-Denis gemerkt, dass sie aus Versehen ein Paar Söckchen stibitzt hatte, die im Kinderwagen liegen geblieben waren. Sie war noch nicht ganz zu Hause und hätte umdrehen und sie zurückbringen können, aber sie hat es nicht getan. Sie hat Paul nichts davon erzählt. Es war nicht von Belang, und doch musste sie immer wieder daran denken. Danach ging sie regelmäßig zu Monoprix und versteckte im Kinderwagen ihres Sohnes ein Shampoo, eine Creme oder einen Lippenstift, den sie nie benutzen würde. Sie wusste genau, dass sie, wenn man sie erwischte, nur die Rolle der überlasteten Mutter zu spielen brauchte, und jeder sofort an ihre Unschuld glauben würde. Diese lächerlichen kleinen Diebstähle versetzten sie in Euphorie. Sie lachte auf der Straße vor sich hin in dem Gefühl, die ganze Welt zum Narren zu halten.

Als sie Pascal über den Weg gelaufen ist, hat sie das als Zeichen gewertet. Ihr ehemaliger Kommilitone von der juristischen Fakultät hat sie nicht gleich wiedererkannt: Sie trug eine zu weite Hose, ausgetretene Stiefel und hatte ihre ungewaschenen Haare zu einem Knoten gebunden. Sie stand neben dem Karussell, aus dem Mila sich weigerte auszusteigen. »Das ist die letzte Runde«, wiederholte sie jedes Mal, wenn ihre Tochter auf dem Pferdchen an ihr vorbeikam und ihr zuwinkte. Sie hat hochgeschaut. Pascal lächelte sie an, mit ausgebreiteten Armen, um seine Freude und Überraschung auszudrücken. Sie erwiderte sein Lächeln, die Hände um den Kinderwagengriff gekrampft. Pascal hatte nicht viel Zeit, aber er war zufällig ganz in der Nähe von Myriams Wohnung verabredet. »Ich wollte sowieso nach Hause. Gehen wir ein Stück zusammen?«, hat sie ihm vorgeschlagen.

Myriam hat sich die kreischende Mila geschnappt. Die sträubte sich, doch Myriam lächelte stur und tat, als hätte sie alles im Griff. Dabei dachte sie die ganze Zeit an den alten Pulli, den sie unter ihrem Mantel trug und dessen abgewetzten Kragen Pascal bemerkt haben musste. Hektisch fuhr sie sich mit der Hand über die Schläfen, als könne das helfen, ihre spröden, verstrubbelten Haare in Ordnung zu bringen. Pascal schien von all dem nichts mitzubekommen. Er hat ihr von der Kanzlei erzählt, die er mit zwei Studienkollegen eröffnet hatte, von den Schwierigkeiten und Freuden der Selbstständigkeit. Sie hing an seinen Lippen. Mila unterbrach ihn in einem fort, und Myriam hätte alles dafür gegeben, sie zum Schweigen zu bringen. Ohne die Augen von Pascal zu lassen, hat sie in ihren Taschen nach einem Lutscher gekramt, einem Bonbon, irgendetwas, womit sie ihre Tochter bestechen könnte, den Mund zu halten.

Pascal hat die Kinder kaum eines Blickes gewürdigt. Er hat Myriam nicht nach ihren Namen gefragt. Selbst Adam, der so friedlich und süß in seinem Wagen schlief, schien ihn nicht zu erweichen.

»Hier ist es.« Pascal hat sie zum Abschied auf die Wange geküsst. Er hat gesagt: »Es war sehr schön, dich wiederzusehen« und dann ein Gebäude betreten, dessen schwere blaue Eingangstür Myriam zusammenfahren ließ, als sie zuknallte. Sie hat still zu beten angefangen, dort, mitten auf der Straße. Sie war so verzweifelt, dass sie sich am liebsten auf den Boden gesetzt und geweint hätte. Sie wollte sich an Pascals Bein klammern, ihn anflehen, sie mitzunehmen, ihr eine Chance zu geben. Als sie nach Hause kam, war sie vollkommen niedergeschlagen. Sie hat Mila betrachtet, die friedlich spielte. Sie hat das Baby gebadet und sich gesagt, dass dieses simple, stille, kerkerhafte Glück sie nicht trösten konnte. Pascal hatte sich bestimmt über sie lustig gemacht. Vielleicht hatte er sogar alte Kommilitonen angerufen, um ihnen zu erzählen, was Myriam für ein erbärmliches Leben führte, dass sie »ziemlich schlecht aussieht« und »nicht die Karriere gemacht hat, die wir alle erwartet haben«.

Die ganze Nacht lang kreisten imaginäre Gespräche in ihrem Kopf herum. Als sie am nächsten Morgen gerade aus der Dusche kam, hörte sie das Empfangssignal einer SMS. »Ich weiß nicht, ob du vorhast, wieder arbeiten zu gehen. Wenn ja, lass uns darüber reden.« Myriam hätte vor Freude beinahe laut geschrien. Sie ist in der Wohnung herumgehüpft und hat Mila umarmt, die sagte: »Was ist denn, Mama, warum lachst du?« Später hat Myriam sich gefragt, ob Pascal wohl ihre Verzweiflung gespürt hatte oder ob er einfach nur gedacht hatte, dass es ein ungeheurer Glücksfall sei, Myriam Charfa wiederzutreffen, die gewissenhafteste Studentin, die er je gesehen hatte. Vielleicht empfand er es als Segen, dass er eine Frau wie sie einstellen und zurück in den Gerichtssaal bringen durfte.

Myriam hat mit Paul darüber gesprochen und war enttäuscht von seiner Reaktion. Er hat mit den Schultern gezuckt. »Ich wusste gar nicht, dass du gerne arbeiten würdest.« Da ist sie furchtbar wütend geworden, mehr als angemessen war. Der Ton hat sich schnell verschärft. Sie hat ihn einen Egoisten genannt, er hat ihr inkonsequentes Verhalten vorgeworfen. »Du kannst ja von mir aus arbeiten gehen, aber wie machen wir es mit den Kindern?« Mit einer Grimasse zog er all ihre Ambitionen ins Lächerliche und gab ihr noch mehr das Gefühl, in dieser Wohnung eingesperrt zu sein.

Als sie sich wieder beruhigt hatten, haben sie geduldig alle Möglichkeiten ausgelotet. Es war Ende Januar, auf einen Platz in einer Krippe oder einem Hort brauchten sie gar nicht erst zu hoffen. Sie kannten niemanden beim Amt. Und wenn Myriam wieder arbeitete, fielen sie genau in die ungünstigste Einkommensspanne: zu reich, um Anspruch auf einen staatlichen Krippenplatz zu haben, zu arm, als dass sie sich ohne größere Opfer eine Kinderfrau leisten könnten. Doch genau dafür haben sie sich schließlich entschieden, nachdem Paul noch einmal betont hatte: »Alles in allem wird sie vermutlich genauso viel verdienen wie du. Aber wenn es so wichtig für dich ist …« Dieses Gespräch hat bei ihr einen bitteren Nachgeschmack hinterlassen. Sie hat es Paul übel genommen.

Sie wollte keine halben Sachen machen. Alles sollte seine Ordnung haben, und so hat sie sich an eine Agentur gewandt, die gerade in ihrem Viertel eröffnet hatte. Ein kleines, schlicht eingerichtetes Büro, geführt von zwei Frauen um die dreißig. Die babyblau gestrichene Ladenfront war mit Sternen und goldenen Dromedaren verziert. Myriam hat geklingelt. Die Besitzerin hat sie durch die Scheibe hindurch gemustert. Sie ist langsam aufgestanden, hat die Tür halb geöffnet und den Kopf herausgestreckt.

»Ja?«

»Guten Tag.«

»Kommen Sie, um sich zu bewerben? Wir benötigen Ihre vollständigen Unterlagen. Einen Lebenslauf und die von Ihren früheren Arbeitgebern unterzeichneten Empfehlungsschreiben.«

»Nein, ganz und gar nicht. Ich komme wegen meiner Kinder. Ich suche eine Nanny.«

Der Ausdruck der jungen Frau verwandelte sich jäh. Sie wirkte froh, eine Kundin zu empfangen, und umso beschämter wegen der Verwechslung. Aber wie hätte sie ahnen können, dass diese abgespannte Frau mit dem dichten lockigen Haar die Mutter des hübschen kleinen Mädchens war, das quengelnd neben ihr auf dem Gehweg stand?

Die Betreiberin der Agentur hat einen dicken Katalog aufgeschlagen, über den Myriam sich beugte. »Setzen Sie sich«, hat sie ihr angeboten. Dutzende Fotos von Frauen, die meisten aus Afrika oder von den Philippinen, zogen vor Myriams Augen vorbei. Mila machte sich darüber lustig. Sie sagte: »Die da ist vielleicht hässlich, oder?« Myriam schimpfte sie und wandte sich mit schwerem Herzen wieder den unscharfen oder unvorteilhaften Porträts zu, auf denen keine einzige Frau lächelte.

Die Vermittlerin war ihr zuwider. Ihre Heuchelei, ihr rundes rotes Gesicht, der abgewetzte Schal um ihren Hals. Ihr Rassismus, der sich eben deutlich gezeigt hatte. Sie wollte nur weg hier. Myriam hat ihr die Hand geschüttelt. Sie hat versprochen, dass sie mit ihrem Mann reden würde, und ist nie wiedergekommen. Stattdessen hat sie selbst Zettel in den Läden des Viertels aufgehängt. Auf den Rat einer Freundin hin hat sie diverse Websites mit als DRINGEND gekennzeichneten Annoncen überschwemmt. Innerhalb einer Woche hatten sie sechs Anrufe bekommen.

Sie erwartet diese Nanny wie den Messias, auch wenn der Gedanke, ihre Kinder allein zu lassen, sie in Angst und Schrecken versetzt. Sie weiß alles über die beiden und würde dieses Wissen gern für sich behalten. Sie kennt ihre Vorlieben, ihre Eigenheiten. Sie spürt sofort, wenn eines von ihnen krank oder traurig ist. Sie hat sie nicht aus den Augen gelassen, überzeugt, dass niemand sie so gut beschützen kann wie sie.

Seit sie geboren sind, hat Myriam Angst vor allem. Am schlimmsten ist die Angst, dass sie sterben könnten. Sie spricht nie darüber, weder mit ihren Freunden noch mit Paul, aber sie ist überzeugt, dass jeder von ihnen schon mal so etwas gedacht hat. Ganz sicher haben auch sie manchmal ihr Kind im Schlaf betrachtet und sich gefragt, wie es sich anfühlen würde, wenn dieser Körper dort ein Leichnam wäre, wenn diese Augen für immer geschlossen blieben. Sie kann nichts dagegen tun. In ihren Gedanken entstehen ganz von allein schreckliche Szenarien, die sie verscheucht, indem sie den Kopf schüttelt, Gebete aufsagt, auf Holz klopft oder den Anhänger mit der Fatima-Hand berührt, den sie von ihrer Mutter geerbt hat. Die Fatima-Hand bannt das Schicksal, Krankheiten, Unfälle, den perversen Appetit lauernder Mörder. Nachts träumt Myriam, dass die beiden plötzlich verschwinden, mitten in einer gleichgültigen Menschenmenge. Sie schreit »Wo sind meine Kinder?«, und die Leute lachen. Sie halten sie für verrückt.

»Sie ist zu spät. Das fängt ja gut an.« Paul wird ungeduldig. Er geht zur Eingangstür und schaut durch den Spion. Es ist 14 Uhr 15, und die erste Kandidatin, eine Filipina, ist noch immer nicht da.

Um 14 Uhr 20 klopft Gigi zaghaft an die Tür. Myriam lässt sie herein. Ihr fällt sofort auf, was für winzig kleine Füße die Frau hat. Trotz der Kälte trägt sie Stoffturnschuhe und weiße Rüschensöckchen. Mit beinah fünfzig Jahren hat sie noch Kinderfüße. Sie ist ziemlich gut gekleidet, die Haare hat sie zu einem Zopf geflochten, der ihr bis zur Mitte des Rückens reicht. Paul weist sie schroff auf ihre Verspätung hin, und Gigi murmelt mit gesenktem Kopf eine Entschuldigung. Sie spricht sehr schlecht Französisch. Ohne große Überzeugung beginnt Paul eine Unterhaltung auf Englisch. Gigi erzählt von ihrer Erfahrung. Von ihren Kindern, die sie in der Heimat zurückgelassen hat, das jüngste hat sie seit zehn Jahren nicht gesehen. Er wird sie nicht engagieren. Der Form halber stellt er ihr noch ein paar Fragen, und um 14 Uhr 30 begleitet er sie hinaus. »Wir melden uns bei Ihnen. *Thank you.*«

Es folgen Grace, eine fröhliche Afrikanerin von der Elfenbeinküste ohne Papiere. Caroline, eine übergewichtige

Blonde mit schmuddeligen Haaren, die während des ganzen Gesprächs über ihre Rückenschmerzen und ihre Venenprobleme klagt. Malika, eine nicht mehr ganz junge Marokkanerin, die ihre langjährige Berufserfahrung und ihre Kinderliebe hervorkehrt. Myriam hat es klipp und klar gesagt. Sie möchte keine Maghrebinerin als Kindermädchen einstellen. »Das wäre doch gut«, versucht Paul sie zu überzeugen. »Sie würde mit ihnen Arabisch sprechen, da du es ja nicht tun willst.« Aber Myriam weigert sich strikt. Sie fürchtet, dass zwischen ihnen beiden ein stilles Einverständnis, eine Vertrautheit entstehen könnte. Dass die andere anfangen könnte, sie auf Arabisch anzusprechen. Dass sie ihr ihre Lebensgeschichte erzählen und sie bald im Namen der gemeinsamen Sprache und Religion um tausendundeinen Gefallen bitten würde. Diese Solidarität unter Immigranten, wie sie es nennt, war ihr schon immer suspekt.

Dann kam Louise. Wenn sie von dieser ersten Begegnung erzählt, sagt Myriam gern, dass es vollkommen offenkundig war. Wie Liebe auf den ersten Blick. Vor allem betont sie immer, wie ihre Tochter sich benommen hat. »Sie war es, die sie ausgesucht hat«, erklärt sie begeistert. Mila war gerade vom gellenden Geschrei ihres Bruders aus dem Mittagsschlaf gerissen worden. Paul ist das Baby holen gegangen, gefolgt von der Kleinen, die sich zwischen seinen Beinen versteckte. Louise ist aufgestanden. Wenn Myriam diese Szene beschreibt, ist sie noch immer fasziniert von der Selbstsicherheit der Nanny. Louise hat Adam vorsichtig aus Pauls Armen genommen und so getan, als sähe sie Mila nicht. »Wo ist denn die Prinzessin? Ich dachte, ich hätte eine Prinzessin gesehen, aber sie ist verschwunden.« Mila hat hell aufgelacht, während Louise ihr Spielchen weiter trieb und in jedem Winkel, unter dem Tisch, hinter dem Sofa nach der geheimnisvollen verschwundenen Prinzessin suchte.

Sie stellen ihr ein paar Fragen. Louise sagt, dass ihr Mann gestorben und ihre Tochter, Stéphanie, inzwischen erwachsen ist – »fast zwanzig Jahre alt, es ist kaum zu glauben« –, dass sie vollkommen flexibel ist. Sie reicht Paul ein Blatt Papier mit den Namen ihrer früheren Arbeitgeber. Sie spricht von den Rouviers, die oben auf der Liste stehen. »Ich war lange bei ihnen. Sie hatten auch zwei Kinder. Zwei Jungen.« Paul und Myriam sind hingerissen von Louise, ihren glatten Zügen, ihrem offenen Lächeln, den Lippen, die nicht zittern. Sie wirkt einfach unerschütterlich. Sie hat den Blick einer Frau, die alles verstehen und verzeihen kann. Ihr Gesicht ist wie eine stille See, deren Abgründe niemand erahnt.

Am selben Abend rufen sie das Paar an, dessen Nummer Louise ihnen dagelassen hat. Eine Frau geht an den Apparat, sie klingt recht kühl. Als sie Louises Namen hört, ändert sich ihr Ton sofort. »Louise? Sie haben ja so ein Glück, dass Sie sie gefunden haben. Sie war wie eine zweite Mutter für meine Söhne. Wir waren furchtbar traurig, als wir uns von ihr trennen mussten. Ich sage Ihnen, damals habe ich sogar darüber nachgedacht, ein drittes Kind zu bekommen, nur um sie behalten zu können.«

Louise öffnet die Fensterläden ihrer Wohnung. Es ist kurz nach fünf Uhr morgens, und draußen sind die Laternen noch an. Ein Mann geht die Straße entlang, dicht an den Hausmauern, um sich vor dem Regen zu schützen. Es hat die ganze Nacht gegossen. Der Wind hat in den Leitungen geheult und Louises Träume heimgesucht. Man könnte meinen, der Regen würde waagerecht niedergehen und mit voller Wucht gegen die Fassade und die Fenster peitschen. Louise schaut gerne hinaus. Direkt gegenüber, zwischen zwei düsteren Gebäuden, steht ein kleines Haus mitten in einem zugewucherten Garten. Ein junges Paar ist Anfang des Sommers dort eingezogen, Pariser, deren Kinder draußen schaukeln und sonntags das Gemüsebeet jäten. Louise fragt sich, was sie in diesem Viertel verloren haben.

Die Müdigkeit lässt sie erschauern. Mit dem Fingernagel kratzt sie an der Ecke des Fensters. Egal wie energisch sie die Scheiben alle paar Tage putzt, sie kommen ihr immer trüb vor, bedeckt von Staub und schwarzen Schlieren. Manchmal möchte sie sie blank reiben, bis sie zerbrechen. Sie kratzt immer stärker mit dem Zeigefinger, und ihr Nagel bricht ab. Sie nimmt den Finger in den Mund, beißt darauf, damit es aufhört zu bluten.

Die Wohnung hat nur ein Zimmer, das Louise zugleich als Schlaf- und Wohnraum dient. Jeden Morgen klappt sie das Bettsofa zusammen und überzieht es mit der schwarzen Husse. Sie nimmt ihre Mahlzeiten am Couchtisch ein, den Fernseher lässt sie dabei immer laufen. An der Wand stehen ungeöffnete Kartons. Vielleicht enthalten sie die paar Gegenstände, die dieser seelenlosen Behausung etwas Leben einhauchen würden. Rechts vom Sofa, in einem glänzenden Rahmen, das Foto einer Jugendlichen mit roten Haaren.

Sie hat ihren langen Rock und die Bluse sorgfältig auf dem Sofa ausgebreitet. Sie nimmt die Ballerinas vom Boden hoch, ein Paar, das sie vor über zehn Jahren gekauft, aber so gut gepflegt hat, dass sie findet, sie sehen aus wie neu. Es sind schlichte Lackschuhe mit eckigen Absätzen und einer kleinen Schleife obendrauf. Sie setzt sich und fängt an, einen davon zu putzen, indem sie einen Wattebausch in einen Topf mit Reinigungscreme stippt. Ihre Gesten sind langsam und präzise. Sie putzt mit einer wütenden Sorgfalt, ganz in ihre Aufgabe versunken. Der Wattebausch ist mit Schmutz bedeckt. Louise hält den Schuh unter die Lampe auf dem runden Tischchen. Als ihr der Lack glänzend genug erscheint, stellt sie ihn ab und nimmt sich den nächsten vor.

Es ist so früh, dass sie Zeit hat, ihre von der Hausarbeit angegriffenen Nägel zu richten. Sie klebt ein Pflaster um ihren Zeigefinger und lackiert die übrigen Nägel in einem dezenten Rosa. Zum ersten Mal und trotz des Preises hat sie sich die Haare beim Friseur färben lassen. Sie fasst sie in einem Knoten im Nacken zusammen. Sie schminkt sich, und der blaue Lidschatten lässt sie älter aussehen, obwohl sie doch so zierlich ist, dass man sie für eine Zwanzigjährige halten könnte. Dabei ist sie mehr als doppelt so alt.

Sie tigert durch das Zimmer, das ihr noch nie so klein vorgekommen ist, so eng. Sie setzt sich, steht dann fast sofort wieder auf. Sie könnte den Fernseher anmachen. Einen Tee trinken. Eine alte Frauenzeitschrift lesen, die sie neben dem Bett aufbewahrt. Aber sie hat Angst, sich zu entspannen, die Zeit verrinnen zu lassen, der Benommenheit nachzugeben. Sie fühlt sich schwach und verletzlich nach dieser kurzen Nacht. Eine Winzigkeit würde genügen, damit sie die Augen nur einen Moment schließt, damit sie einschläft, damit sie zu spät kommt. Sie muss wach bleiben, muss es schaffen, ihre ganze Aufmerksamkeit auf diesen ersten Arbeitstag zu richten.

Sie kann nicht zu Hause warten. Es ist noch nicht mal sechs Uhr, sie ist viel zu früh dran, aber sie geht mit schnellem Schritt zur RER-Haltestelle. Sie braucht etwas länger als eine Viertelstunde bis zum Bahnhof von Saint-Maur-des-Fossés. Im Zug setzt sie sich einem alten Chinesen gegenüber, der zusammengekauert auf seiner Bank schläft, die Stirn an die Scheibe gepresst. Sie betrachtet sein erschöpftes Gesicht. Bei jeder Haltestelle überlegt sie, ob sie ihn aufwecken soll. Sie hat Angst, dass er sich verfährt, zu weit fährt, dass er die Augen öffnet, allein an der Endstation, und die Bahn zurück nehmen muss. Aber sie sagt nichts. Es ist besser, nicht mit den Leuten zu reden. Einmal hätte eine sehr hübsche, brünette junge Frau sie beinahe geohrfeigt. »Was starrst du mich so an? Na, was gibt's zu glotzen?«, schrie sie.

An der Haltestelle Aubert hüpft Louise aus dem Zug. Langsam wird es voll, eine Frau rempelt sie an, als sie die Treppe zur Metro hochgeht. Ein widerlicher Geruch nach Croissant und verbrannter Schokolade schlägt ihr entgegen. Sie nimmt die Linie 7 Richtung Opéra und kommt an der Station Poissonnière wieder ans Tageslicht.

Louise ist fast eine Stunde zu früh dran, also setzt sie sich draußen an einen Tisch des Paradis, eines reizlosen Cafés, von dem aus sie den Eingang des Wohnhauses im Blick hat. Sie spielt mit ihrem Löffel. Neidisch betrachtet sie den Mann neben sich, der mit dicken, lüsternen Lippen an seiner Zigarette saugt. Sie würde sie ihm gern aus der Hand nehmen und tief inhalieren. Sie hält es nicht mehr aus, zahlt ihren Kaffee und betritt das stille Haus. In einer Viertelstunde wird sie oben klingeln, so lange setzt sie sich zwischen zwei Etagen auf eine Stufe. Sie hört ein Geräusch, kann gerade noch aufstehen, es ist Paul, der hüpfend die Treppe herunterkommt. Er hat sein Fahrrad über der Schulter und einen rosa Helm auf dem Kopf.

»Louise? Sind Sie schon lange hier? Warum sind Sie nicht hereingekommen?«

»Ich wollte nicht stören.«

»Sie stören doch nicht, im Gegenteil. Hier, das sind Ihre Schlüssel«, sagt er und zieht ein Bund aus der Tasche. »Nur zu, fühlen Sie sich wie zu Hause.«

»Meine Nanny ist eine Fee.« Das sagt Myriam, wenn sie erzählt, wie Louise in ihren Alltag geplatzt ist. Sie musste über magische Kräfte verfügen, um diese erdrückende, beengte Wohnung in einen ruhigen, hellen Ort zu verwandeln. Louise hat die Wände versetzt. Sie hat die Schränke größer, die Schubladen geräumiger gemacht. Sie hat das Licht hereingelassen.

Am ersten Tag gibt Myriam ihr ein paar Anweisungen. Sie erklärt ihr, wie die Haushaltsgeräte funktionieren. Immer wieder sagt sie, indem sie auf einen Gegenstand oder ein Kleidungsstück deutet: »Darauf müssen Sie gut aufpassen. Daran hänge ich sehr.« Sie schärft ihr ein, dass die Kinder Pauls Plattensammlung nicht anrühren dürfen. Louise nickt stumm und fügsam. Sie mustert jedes Zimmer mit der Entschlossenheit eines Generals, der im Begriff ist, Land zu erobern.

In den Wochen nach ihrer Ankunft verwandelt Louise die unordentliche Wohnung in ein mustergültiges bürgerliches Zuhause. Ihre altmodische Art und ihr Perfektionismus setzen sich durch. Myriam und Paul können es nicht fassen. Sie näht die Knöpfe ihrer Jacken wieder an, die sie seit Monaten nicht mehr tragen, weil sie zu faul sind, eine Nadel zu suchen. Sie bessert Rock- und Hosensäume aus, flickt Milas Kleider, die Myriam schon ohne Bedauern wegschmeißen wollte. Louise wäscht die von Tabak und Staub vergilbten Vorhänge. Jede Woche bezieht sie die Betten frisch. Paul und Myriam freuen sich. Paul sagt zu Louise mit einem Lächeln, sie erinnere ihn an Mary Poppins. Er ist sich nicht sicher, ob sie das Kompliment versteht.

Nachts, gemütlich zwischen die sauberen Laken gekuschelt, lacht das Paar ungläubig über dieses neue Leben, das jetzt ihres ist. Sie haben das Gefühl, einen seltenen Schatz gefunden zu haben, sie fühlen sich vom Glück begünstigt. Natürlich belastet Louises Lohn das Familienbudget, aber Paul beschwert sich nicht mehr darüber. In wenigen Wochen ist Louise für sie unentbehrlich geworden.

Wenn Myriam abends nach Hause kommt, steht das Essen fertig auf dem Tisch. Die Kinder sind friedlich und gekämmt. Louise weckt und erfüllt die Wunschträume der idealen Familie, die Myriam selbst sich nur ungern eingesteht. Sie bringt Mila bei, ihre Sachen wegzuräumen, und die Kleine hängt unter den verblüfften Blicken der Eltern ihren Mantel auf.

Was nicht gebraucht wird, verschwindet. Mit Louise häuft sich nichts mehr an, weder der Abwasch noch die schmutzige Wäsche noch ungeöffnete Briefumschläge, die unter einer alten Zeitschrift wieder auftauchen. Nichts vergammelt oder verfällt. Louise vernachlässigt nie etwas. Louise ist gewissenhaft. Sie schreibt alles in ein kleines Heft mit blumenverziertem Umschlag. Den Tanzunterricht, die Ausflüge mit dem Kindergarten, die Termine beim Kinderarzt. Sie notiert sich die Namen der Medikamente, die die Kleinen bekommen, was sie für das Eis beim Karussell ausgegeben hat und Wort für Wort den Satz, den Milas Erzieherin zu ihr gesagt hat.

Nach ein paar Wochen hat sie keine Scheu mehr, Dinge an einen andern Platz zu stellen. Sie räumt die Schränke aus, hängt Lavendelsäckchen zwischen die Mäntel. Sie bindet Blumensträuße. Wenn sie sich, sobald Adam schläft und Mila im Kindergarten ist, hinsetzen und ihr Werk betrachten kann, empfindet sie eine tiefe Befriedigung. Sie hat die stille Wohnung ganz in ihrer Gewalt, wie einen Feind, der um Gnade bittet.

Die größten Wunder aber vollbringt sie in der Küche. Myriam hat ihr gestanden, dass sie keine Ahnung vom Kochen und auch keine Lust dazu hat. Die Nanny bereitet Gerichte zu, die Paul vorzüglich findet und die die Kinder bereitwillig verschlingen, ohne dass man sie jemals ermahnen müsste, ihren Teller leer zu essen. Myriam und Paul laden wieder Freunde ein, die sich an den von Louise gezauberten Köstlichkeiten wie Kalbsgeschnetzeltem, Pot-au-Feu, Hachse mit Salbei oder knackigem Gemüse laben. Sie überhäufen Myriam mit Komplimenten, doch die gesteht jedes Mal: »Das hat alles meine Nounou gemacht.«

Wenn Mila im Kindergarten ist, bindet Louise sich Adam mit einem großen Umschlagtuch vor die Brust. Sie liebt es, seine pummeligen Beinchen an ihrem Bauch zu spüren oder den kleinen Spuckefaden an ihrem Hals, wenn er einschläft. Sie singt den ganzen Tag für diesen Jungen, dessen Gemütsruhe sie fasziniert. Sie krault ihn und ist stolz auf seine rosigen Pausbacken. Morgens empfängt er sie plappernd, streckt ihr die dicken Ärmchen entgegen. In den Wochen nach Louises Ankunft lernt Adam laufen. Er, der die Nächte durchgeschrien hat, schläft nun friedlich bis zum Morgen.

Mila dagegen ist weniger zutraulich. Sie ist ein zierliches kleines Mädchen mit dem Gebaren einer Ballerina. Louise steckt ihr die Haare zu einem so strengen Knoten, dass ihre Augen mandelförmig in Richtung Schläfen gezogen werden. Sie sieht dann aus wie eine dieser mittelalterlichen Heldinnen mit hoher Stirn und kühlem, majestätischem Blick. Mila ist ein schwieriges, anstrengendes Kind. Sie reagiert auf jede Widrigkeit mit Geschrei. Sie wirft sich mitten auf der Straße hin, stampft mit den Füßen, lässt sich über den Boden schleifen, um Louise zu blamieren. Wenn die Nanny sich hinhockt und versucht, mit ihr zu reden, sieht Mila woandershin. Sie zählt laut die Schmetterlinge auf der Tapete. Sie schaut sich im Spiegel an, während sie weint. Dieses Kind ist besessen von seinem Spiegelbild. Sind sie draußen unterwegs, kleben Milas Augen an den Schaufenstern. Schon oft ist sie gegen Pfosten gelaufen oder über kleine Unebenheiten gestolpert, weil sie so in ihren eigenen Anblick versunken war.

Mila ist raffiniert. Sie weiß, dass die Leute zu ihr hinschauen und dass Louise sich auf der Straße schämt. Die Nanny gibt schneller nach, wenn sie ein Publikum haben. Louise macht Umwege, um nicht am Spielzeuggeschäft vorbeizumüssen, vor dem die Kleine zu kreischen anfängt. Auf dem Weg zum Kindergarten trödelt Mila. Sie klaut eine Erdbeere an einem Obststand. Sie klettert auf die vorstehenden Simse der Schaufenster, versteckt sich in Hauseingängen und flitzt davon, so schnell sie kann. Louise versucht mit dem Kinderwagen zu rennen, sie ruft nach dem Mädchen, das erst am äußersten Rand des Bürgersteigs stehen bleibt. Manchmal tut es Mila leid. Es beunruhigt sie, dass Louise so bleich ist und dass sie ihr solche Angst einjagt. Dann kommt sie reumütig zurück, lieb und anschmiegsam. Sie klammert sich an die Beine der Nanny. Sie weint und verlangt nach Zärtlichkeit.

Langsam bändigt Louise das Kind. Jeden Tag erzählt sie ihr Geschichten, in denen immer dieselben Figuren vorkommen. Waisenkinder, verirrte kleine Mädchen, gefangene Prinzessinnen und die verwahrlosten Schlösser schauriger Menschenfresser. Eine seltsame Fauna von Vögeln mit krummen Schnäbeln, einbeinigen Bären und melancholischen Einhörnern bevölkert Louises Landschaften. Die Kleine ist still. Sie bleibt in ihrer Nähe, aufmerksam, ungeduldig. Sie will, dass die Figuren wiederkommen. Woher hat Louise nur diese Geschichten? Sie strömen aus ihr heraus in einem unablässigen Fluss, ohne dass sie darüber nachdenkt, ohne die geringste Anstrengung ihres Gedächtnisses oder ihrer Phantasie. Aber aus welch schwarzem See in welch tiefem Wald schöpft sie diese grausamen Erzählungen, an deren Ende die Guten sterben, nachdem sie die Welt gerettet haben?

Myriam ist immer enttäuscht, wenn sie hört, wie die Tür der Kanzlei, in der sie arbeitet, aufgeht. Gegen 9 Uhr 30 kommen nach und nach die Kollegen. Sie nehmen sich Kaffee, die Handys schrillen, das Parkett knarzt, mit der Ruhe ist es vorbei.

Myriam ist vor acht im Büro. Sie ist immer die Erste. Sie macht nur die kleine Lampe auf ihrem Schreibtisch an. In deren Schein, in der mönchischen Stille, findet sie zur Konzentration ihrer Studienzeit zurück. Sie vergisst alles um sich herum und versinkt genussvoll in ihren Akten. Manchmal geht sie im dunklen Flur auf und ab, ein Schriftstück in der Hand, und redet mit sich selbst. Sie raucht eine Zigarette auf dem Balkon und trinkt ihren Kaffee dazu.

An dem Tag, als sie wieder angefangen hat zu arbeiten, ist Myriam im Morgengrauen aufgewacht, aufgeregt wie ein kleines Kind. Sie hat einen neuen Rock angezogen, hohe Schuhe, und Louise hat ausgerufen: »Sie sehen wunderschön aus!« Adam auf dem Arm, hat die Nanny ihre Hausherrin zur Tür hinausgeschoben. »Machen Sie sich um uns keine Sorgen«, hat sie versichert, »hier wird alles gut gehen.«

Pascal hat Myriam herzlich empfangen. Er hat ihr das

Büro zugewiesen, das durch eine Zwischentür mit seinem verbunden ist. Die lassen sie meist angelehnt. Nur zwei oder drei Wochen nach ihrem Einstand hat Pascal ihr Verantwortlichkeiten übertragen, die er bislang nicht einmal älteren Kollegen zugestanden hat. Im Lauf der Monate hat Myriam allein die Fälle Dutzender Mandanten übernommen. Pascal ermuntert sie, sich reinzuhängen, weil er weiß, dass sie dazu fähig ist. Sie sagt niemals Nein. Sie weist keine der Akten, die Pascal ihr reicht, zurück, beschwert sich nie, wenn es spät wird. Pascal sagt oft zu ihr: »Du bist perfekt.« Monatelang wird sie mit kleinen Fällen überhäuft, verteidigt erbärmliche Dealer, Schwachköpfe, einen Exhibitionisten, untalentierte Einbrecher, Alkoholiker, die am Steuer erwischt wurden. Sie bearbeitet Überschuldungsfälle, Kreditkartenbetrug, Identitätsmissbrauch.

Pascal erhofft sich durch sie neue Klienten und empfiehlt ihr, sich als Pflichtverteidigerin anzubieten. Zweimal in der Woche geht sie zum Strafgericht in Bobigny, wartet dort auf dem Flur bis neun Uhr abends, den Blick auf ihre Armbanduhr geheftet, deren Zeiger sich nicht bewegen. Manchmal regt sie sich auf, herrscht die hilflosen Mandanten an. Aber sie tut ihr Bestes und erreicht, was sie kann. Pascal sagt ihr immer wieder: »Du musst deine Akte auswendig kennen.« Und sie klemmt sich dahinter. Sie liest die Protokolle bis spät in die Nacht, deckt die kleinste Ungenauigkeit auf, macht den unscheinbarsten Verfahrensfehler ausfindig. Sie tut es mit einer manischen Verbissenheit, die sich schließlich auszahlt. Ehemalige Mandanten empfehlen sie ihren Freunden. Ihr Name spricht sich unter den Häftlingen herum. Ein junger Mann, dem sie eine Gefängnisstrafe ohne Bewährung erspart hat, verspricht, sich erkenntlich zu zeigen. »Du hast mich da rausgeholt. Das werde ich dir nicht vergessen.«

Einmal wird sie mitten in der Nacht angerufen, um einer Ingewahrsamnahme beizuwohnen. Ein ehemaliger Klient wurde wegen häuslicher Gewalt festgenommen. Dabei hatte er ihr geschworen, er wäre niemals in der Lage, eine Frau zu schlagen. Sie hat sich leise in der Dunkelheit angezogen, um zwei Uhr früh, und Paul einen Kuss gegeben. Der hat gebrummt und sich umgedreht.

Ihr Mann sagt ihr oft, dass sie zu viel arbeitet, und das macht sie wütend. Er wiederum ist erbost über ihre Reaktion, er meint es doch nur gut! Er sei lediglich um ihre Gesundheit besorgt und fürchte, dass Pascal sie ausnutzt. Sie versucht, nicht an ihre Kinder zu denken, sich nicht von Schuldgefühlen auffressen zu lassen. Manchmal geht sie so weit, sich vorzustellen, dass sich alle gegen sie verschworen haben. Ihre Schwiegermutter will ihr einreden, dass »Mila nur so oft krank ist, weil sie sich alleingelassen fühlt«. Ihre Kollegen fragen sie nie, ob sie nach der Arbeit mit ihnen etwas trinken gehen möchte, und wundern sich über die Nächte, die sie im Büro verbringt. »Du hast doch Kinder, oder?« Bis hin zur Erzieherin, die Myriam eines Morgens einbestellt hat, um mit ihr über einen idiotischen Streit zwischen Mila und einem ihrer Spielkameraden zu sprechen. Als Myriam sich dafür entschuldigt hat, dass sie bei den letzten Elternabenden Louise an ihrer Stelle schicken musste, hat die grauhaarige Erzieherin eine ausladende Geste gemacht und gesagt: »Wenn Sie wüssten! Das ist das Elend unseres Jahrhunderts. All diese armen Kinder sind sich selbst überlassen, während beide Elternteile vom gleichen Ehrgeiz getrieben werden. Sie hetzen sich die ganze

Zeit ab. Wissen Sie, welchen Satz die Eltern am häufigsten zu ihren Kindern sagen? ›Beeil dich!‹ Und natürlich bekommen wir das alles ab. Die Kleinen lassen ihre Ängste und das Gefühl, abgeschoben zu werden, an uns aus.«

Myriam hatte schreckliche Lust, ihr die Meinung zu geigen, aber sie war nicht dazu imstande. Lag es an diesem Stühlchen, auf dem sie kauerte, in diesem Gruppenraum, der nach Farbe und Knetmasse roch? Diese Umgebung, die Stimme der Erzieherin versetzten sie mit Macht zurück in die Kindheit, diese Zeit des Gehorsams und der Zwänge. Myriam hat gelächelt. Sie hat sich brav bedankt und versprochen, dass Mila sich bessern werde. Sie hat es sich verkniffen, dieser alten Hexe ihre Frauenfeindlichkeit und ihre Moralpredigt um die Ohren zu hauen. Sie hatte zu sehr Angst, dass die Dame mit den grauen Haaren sich dafür an ihrem Kind rächen würde.

Pascal versteht die Versessenheit, die sie antreibt, diesen riesigen Hunger nach Anerkennung und nach echten Herausforderungen. Zwischen Pascal und ihr entsteht ein Wettkampf, der ihnen beiden ein zwiespältiges Vergnügen bereitet. Er spornt sie an, sie hält mit. Er verlangt ihr alles ab, sie enttäuscht ihn nicht. Eines Abends lädt er sie nach der Arbeit ein, mit ihm noch etwas trinken zu gehen. »Du bist jetzt sechs Monate bei uns, das muss gefeiert werden, oder?« Sie gehen schweigend die Straße hinunter. Er hält ihr die Tür des Bistros auf, sie lächelt ihn an. Sie setzen sich ganz hinten im Gastraum auf gepolsterte Bänke. Pascal bestellt eine Flasche Weißwein. Sie reden über einen aktuellen Fall und schweifen bald ab in Erinnerungen an die gemeinsame Studienzeit. Die Riesenparty, die Charlotte in ihrer Villa im 18. Arrondissement gegeben hat. Die urkomische Panikattacke der armen Céline vor dem mündlichen Examen. Myriam trinkt schnell, und Pascal bringt sie zum Lachen. Sie hat keine Lust, nach Hause zu gehen. Sie möchte niemandem Bescheid sagen müssen, möchte, dass niemand sie erwartet. Aber da ist Paul. Und da sind die Kinder.

Eine leichte, prickelnde erotische Spannung brennt in ihrer Kehle und ihren Brüsten. Sie fährt sich mit der Zunge über die Lippen. Sie hat Lust auf etwas. Zum ersten Mal seit Langem empfindet sie ein grundloses, simples, egoistisches Verlangen. Ein Verlangen nach sich selbst. Sosehr sie Paul liebt, der Körper ihres Mannes ist mit dem Ballast zu vieler Erinnerungen beladen. Wenn er in sie eingedrungen ist, dann immer in ihren mütterlichen Leib, ihren schweren Leib, der sein Sperma so oft aufgenommen hat. Ihr Leib voller Winkel und Wogen, auf den sie ihr Heim gebaut haben, dem so viele Sorgen und Freuden entsprungen sind. Paul hat ihre geschwollenen, blau angelaufenen Beine massiert. Er hat gesehen, wie sich das Blut auf den Laken ausbreitete. Paul hat ihr die Haare aus der Stirn gehalten, als sie sich zusammengekauert übergab. Er hat sie brüllen hören. Er hat ihr rot geädertes Gesicht abgetupft, während sie presste. Er hat seine Kinder aus ihr herausgezogen.

Sie hatte die Vorstellung immer weit von sich gewiesen, dass die Kinder ihren persönlichen Erfolg und ihre Freiheit beeinträchtigen könnten. Wie ein Anker, der einen mit nach unten reißt, der das Gesicht des Ertrunkenen in den Schlamm zieht. Diese Erkenntnis hat sie anfangs total deprimiert. Sie fand es ungerecht und entsetzlich frustrierend. Ihr war klar geworden, dass sie das Gefühl, unvollkommen zu sein, die Dinge nicht richtig zu machen, einen Bereich ihres Lebens zugunsten eines anderen zu opfern, nie wieder loswerden würde. Sie hatte ein Riesendrama daraus gemacht und partout nicht von ihrer Idealvorstellung der Mutterrolle abweichen wollen. Hatte darauf beharrt zu glauben, dass alles möglich sei, dass sie all ihre Ziele erreichen würde, dass sie weder verbittert noch erschöpft sein würde. Dass sie weder die Märtyrerin noch die Mutter Courage geben würde.

Jeden Tag, oder fast, bekommt Myriam eine Nachricht von ihrer Freundin Emma. Sie postet in den sozialen Netzwerken sepia-getönte Bilder ihrer beiden blonden Kinder. Diese perfekten Kinder spielen im Park und gehen auf eine Schule, an der ihre für sie bereits klar erkennbaren Gaben zu voller Entfaltung gebracht werden. Sie hat ihnen unaussprechliche Namen gegeben, die der nordischen Mythologie entstammen und deren Bedeutung sie gerne erklärt. Auch Emma sieht gut aus auf diesen Fotos. Ihr Mann dagegen ist nie zu sehen, sondern stets damit beschäftigt, die ideale Familie, der er nur als Zuschauer angehört, abzulichten. Obwohl er sich wirklich Mühe gibt, ins Bild zu passen. Mit seinem Bart, seinen Wollpullis, seinen engen, unbequemen Hosen, die er selbst zur Arbeit anzieht.

Myriam würde es nie wagen, Emma diesen flüchtigen, nicht grausamen, sondern beschämenden Gedanken anzuvertrauen, der sie streift, wenn sie Louise mit ihren Kindern beobachtet. Wir werden erst glücklich sein, denkt sie, wenn wir einander nicht mehr brauchen. Wenn wir unsere eigenen Leben leben können, die nur uns gehören und die anderen nichts angehen. Wenn wir frei sind.

Myriam geht zur Tür und sieht durch den Spion. Alle fünf Minuten wiederholt sie: »Sie sind zu spät.« Sie macht Mila ganz nervös, die in ihrem grässlichen Taftkleidchen auf der Sofakante sitzt und Tränen in den Augen hat. »Glaubst du, sie kommen nicht?«

»Aber natürlich kommen sie«, antwortet Louise. »Sie sind bestimmt gleich da.«

Die Vorbereitungen für Milas Geburtstag haben Dimensionen angenommen, die Myriam überfordern. Seit zwei Wochen spricht Louise von nichts anderem. Abends, wenn Myriam erschöpft von der Arbeit kommt, zeigt Louise ihr die selbst gebastelten Girlanden. Sie beschreibt ihr aufgekratzt das Taftkleid, das sie in einem Laden gefunden hat und das Mila wahnsinnig gefallen wird. Mehrmals musste Myriam sich beherrschen, um sie nicht barsch anzufahren. Sie hat genug von diesem lächerlichen Aufwand. Mila ist doch noch so klein! Sie versteht nicht, warum man einen solchen Wirbel machen muss. Aber Louise sieht sie aus weit aufgerissenen Augen an. Die freudestrahlende Mila ist ihre Zeugin. Das ist alles, was zählt: das Glück dieser Prinzessin, der Zauber der Vorfreude. Myriam schluckt ihre sarkastischen Bemerkungen herunter. Sie fühlt sich irgendwie ertappt und verspricht schließlich, dass sie alles tun wird, um bei dem Fest dabei zu sein.

Louise hat beschlossen, die Feier auf einen Mittwochnachmittag zu legen, wenn der Kindergarten zuhat. Sie wollte sicher sein, dass alle Kinder in Paris sind und Zeit haben. Myriam ist früh zur Arbeit gegangen und hat geschworen, dass sie nach dem Mittagessen wieder da ist.

Als sie nach Hause gekommen ist, hätte sie beinahe laut aufgeschrien. Sie erkannte ihre eigene Wohnung nicht wieder. Das Wohnzimmer hatte sich im wahrsten Sinne des Wortes verwandelt, es troff vor Pailletten, Papiergirlanden und Luftballons. Vor allem aber war das Sofa rausgeschafft worden, damit die Kinder spielen konnten. Und selbst der Eichentisch, der so schwer war, dass sie ihn seit ihrem Einzug nicht verrückt hatten, stand nun auf der anderen Seite des Raumes.

»Wer hat denn die Möbel verstellt? Hat Paul Ihnen geholfen?«

»Nein«, antwortet Louise, »das habe ich alles ganz allein gemacht.«

Myriam kann es nicht glauben und muss lachen. Das ist ein Witz, denkt sie mit einem Blick auf die streichholzdünnen Arme der Nanny. Dann erinnert sie sich, dass ihr Louises erstaunliche Kraft bereits aufgefallen ist. Ein oder zwei Mal war sie beeindruckt gewesen, wie Louise mit Adam auf dem Arm schwere und sperrige Pakete angenommen hatte. Hinter ihrer zarten, schmächtigen Statur verbergen sich Riesenkräfte.

Den ganzen Vormittag hat Louise Luftballons aufgeblasen und in Tierform gebogen und sie überall angebracht, vom Flur bis zu den Küchenschubladen. Den Geburtstagskuchen, eine riesige, prächtig verzierte Biskuit-Beeren-Torte, hat sie selbst gebacken.

Myriam bereut es, sich den Nachmittag freigenommen zu haben. Sie hätte sich so wohlgefühlt in der Stille ihres Büros. Der Geburtstag ihrer Tochter macht ihr Angst. Sie fürchtet sich vor dem traurigen Spektakel gelangweilter, ungeduldiger Kinder. Sie will keinen Streit schlichten und nicht die armen Würmchen trösten müssen, deren Eltern sie zu spät abholen. Schreckliche Erinnerungen aus ihrer Kindheit kommen ihr in den Sinn. Sie sieht sich allein auf einem dicken weißen Wollteppich sitzen, während die anderen kleinen Mädchen mit dem Puppengeschirr spielen. Ihr war auf den Wollfäden ein Stück Schokolade geschmolzen, und sie hatte versucht, ihre Missetat zu verbergen, was die Sache nur noch schlimmer machte. Die Mutter der Gastgeberin hatte sie vor allen anderen ausgeschimpft.

Myriam versteckt sich in ihrem Zimmer, schließt die Tür und tut so, als wäre sie in die Lektüre ihrer Mails vertieft. Sie weiß, dass sie sich wie immer auf Louise verlassen kann. Es klingelt an der Tür. Das Wohnzimmer füllt sich mit Kindergeschrei. Louise hat Musik angemacht. Myriam kommt leise aus ihrem Zimmer und beobachtet die Kleinen, die sich vollkommen gebannt um die Nanny drängen. Sie hat Lieder und Zaubertricks vorbereitet. Sie verwandelt sich unter ihren staunenden Blicken, und die Kinder, die nicht leicht zum Narren zu halten sind, wissen, dass sie eine von ihnen ist. Sie ist mitreißend, fröhlich, schelmisch. Sie singt, imitiert Tierstimmen und nimmt schließlich Mila und einen Spielkameraden auf den Rücken. Die Kinder lachen sich kaputt und betteln sie an, auch beim Rodeo mitmachen zu dürfen.

Myriam bewundert Louises Fähigkeit, ganz im Spiel aufzugehen. Sie scheint dann beseelt von jenem Gefühl der Allmacht, das sonst nur Kindern zu eigen ist. Einmal, als Myriam abends nach Haus kommt, liegt Louise auf dem Boden mit breiten schwarzen Strichen als Kriegsbemalung auf Stirn und Wangen. Sie hat sich aus Krepppapier einen Indianerkopfschmuck gebastelt. Mitten im Wohnzimmer hat sie aus einem Laken, einem Stuhl und einem Besen ein schiefes Tipi errichtet. Myriam steht irritiert im Türrahmen. Sie beobachtet Louise, die sich windet und wilde Schreie ausstößt, und es ist ihr furchtbar peinlich. Im ersten Moment denkt sie, ihre Kinderfrau ist betrunken. Als Louise sie bemerkt, erhebt sie sich mit roten Wangen und ein wenig schwankend. »Meine Beine sind eingeschlafen«, entschuldigt sie sich. Adam hat sich an ihre Wade geklammert, Louise lacht, und dieses Lachen gehört noch in die Phantasiewelt des Spiels.

Vielleicht, beruhigt sich Myriam, ist Louise selbst noch ein Kind. Sie nimmt die Dinge, die sie mit Mila spielt, sehr ernst. Bei Räuber und Gendarm, zum Beispiel, lässt Louise sich hinter imaginäre Gitter sperren. Ab und zu ist sie es, die das Gesetz vertritt und Mila verfolgt. Jedes Mal erfindet sie einen anderen Schauplatz, den Mila sich einprägen muss. Sie bastelt Kostüme, denkt sich eine wendungsreiche Handlung aus. Sie bereitet die Szenerie mit minutiöser Sorgfalt vor. Manchmal wird es der Kleinen zu lang. »Komm, lass uns anfangen!«, bettelt sie.

Myriam weiß nichts davon, aber Louises Lieblingsspiel ist Verstecken. Nur dass niemand zählt und es keine Regeln gibt. Der Reiz liegt vor allem im Überraschungseffekt. Louise verschwindet ohne Vorwarnung. Sie kauert sich in einen Winkel und lässt die Kinder suchen. Oft wählt sie Verstecke, aus denen sie sie weiter beobachten kann. Sie schlüpft unters Bett oder hinter eine Tür und rührt sich nicht. Sie hält die Luft an.

Dann versteht Mila, dass das Spiel begonnen hat. Sie schreit wie verrückt und klatscht in die Hände. Adam folgt ihr. Er lacht so sehr, dass er das Gleichgewicht verliert und immer wieder auf den Po fällt. Sie rufen nach ihr, aber Louise antwortet nicht. »Louise? Wo bist du?« »Pass auf, Louise, wir kommen, wir finden dich.«

Louise sagt nichts. Sie rührt sich nicht aus ihrem Versteck, selbst wenn sie schreien, wenn sie weinen, wenn sie verzweifeln. In den Schatten geschmiegt, verfolgt sie Adams Panik, der schluchzt und vollkommen außer sich ist. Er versteht nicht. Die Wangen vor Wut blau angelaufen, ruft er »Louise« und verschluckt dabei die letzte Silbe und den Rotz, der ihm über die Lippe läuft. Am Ende beginnt auch Mila sich zu fürchten. Einen Moment lang glaubt sie, dass ihre Nounou wirklich verschwunden ist, dass sie sie in dieser Wohnung zurückgelassen hat, in der es bald dunkel wird, dass sie alleine sind und Louise nicht wiederkommt. Die Angst ist unerträglich, und Mila fleht die Nanny an.

Sie sagt: »Louise, das ist nicht lustig. Wo bist du?« Die Kleine wird zornig, stampft mit dem Fuß auf. Louise wartet. Sie beobachtet die Kinder, wie man einen frisch geangelten Fisch mit blutigen Kiemen betrachtet, dessen Körper im Todeskampf zuckt. Den Fisch, der im Bootsrumpf zappelt und erschöpft nach Luft schnappt, den Fisch, der keine Chance hat, davonzukommen.

Dann beginnt Mila, die Verstecke aufzuspüren. Sie hat begriffen, dass man Türen schließen, Vorhänge anheben und sich bücken muss, um unter dem Bett nachzusehen. Aber Louise ist so klein, dass sie immer wieder neue Schlupfwinkel findet. Sie kriecht in den Wäschekorb, unter Pauls Schreibtisch oder in einen Schrank und wirft sich eine Decke über. Einmal hat sie sich im dunklen Bad in der Dusche versteckt. Mila sucht vergeblich. Sie schluchzt, und Louise hält ganz still. Sie lässt sich von der Verzweiflung der Kinder nicht erweichen.

Eines Tages ruft Mila nicht mehr. Sie schlägt Louise mit ihren eigenen Waffen. Schweigend schleicht Mila um ihr Versteck und tut so, als würde sie die Nounou nicht finden. Sie setzt sich auf den Wäschekorb, und Louise hat das Gefühl zu ersticken. »Vertragen wir uns wieder?«, murmelt die Kleine.

Aber Louise will sich nicht geschlagen geben. Sie bleibt ganz still, die Knie unterm Kinn. Die Füße des Mädchens schwingen sacht gegen den Weidenkorb. »Louise, ich weiß, dass du da drin bist«, sagt sie lachend. Plötzlich steht Louise so ruckartig auf, dass Mila überrumpelt auf den Boden fällt. Ihr Kopf schlägt gegen die Fliesen. Benommen fängt das Kind an zu weinen, doch dann, angesichts der wiederauferstandenen, triumphierenden Louise, die sie von der Höhe ihres Sieges herab betrachtet, verwandelt sich ihr Schreck in hysterische Freude. Adam kommt angelaufen und stimmt in das glucksende Gelächter ein, das die beiden schüttelt, bis ihnen fast die Luft wegbleibt.

Stéphanie

Als sie acht Jahre alt war, konnte Stéphanie Windeln wechseln und Fläschchen machen. Mit sicherem Griff schob sie ihre Hand unter die zerbrechlichen Nacken der Säuglinge und hob sie aus ihren Gitterbettchen. Sie wusste, dass man sie auf den Rücken legen musste und niemals schütteln durfte. Sie badete die Babys, wobei sie die Finger fest um ihre kleinen Schultern schloss. Die Schreie, das Wimmern der Neugeborenen, ihr Lachen und Weinen wiegten Stéphanies Erinnerungen eines Einzelkindes. Man freute sich, wie liebevoll sie sich den Babys widmete. Staunte über ihre mütterliche Ader und ihre für ein so junges Mädchen außergewöhnliche Hingabe.

Solange Stéphanie klein war, betreute ihre Mutter, Louise, die Babys bei sich zu Hause. Oder besser gesagt, bei Jacques zu Hause, wie dieser hartnäckig betonte. Morgens gaben die Mütter ihre Kinder ab. Sie erinnert sich an diese gehetzten und traurigen Frauen, die blieben und an der Tür lauschten. Louise hatte ihr beigebracht, ihre bangen Schritte im Flur des Wohnhauses zu verfolgen. Einige fingen sehr bald nach der Geburt wieder an zu arbeiten und legten winzige Säuglinge in Louises Arme. Sie übergaben ihr auch, in undurchsichtigen Tüten, die Milch, die sie in der Nacht abgepumpt hatten und die Louise in den Kühlschrank stellte. Stéphanie erinnert sich an die kleinen, mit den Namen der Kinder beschrifteten Gläser. Einmal war sie nachts aufgestanden und hatte das Fläschchen eines rotbackigen Jungen namens Jules geöffnet, der sie mit seinen spitzen Nägeln gekratzt hatte. Sie hatte es in einem Zug ausgetrunken. Nie hat sie diesen säuerlichen Geschmack nach verdorbener Melone vergessen, den sie danach noch tagelang im Mund hatte.

Samstagabends begleitete sie ihre Mutter manchmal zum Babysitten in fremde Wohnungen, die ihr riesig erschienen. Schöne und wichtige Frauen gingen durch den Flur und hinterließen auf den Wangen ihrer Kinder eine rote Lippenstiftspur. Die Männer, denen Louises und Stéphanies Gegenwart unangenehm war, mochten nicht im Wohnzimmer warten. Sie scharrten mit den Füßen und lächelten dümmlich. Sie herrschten ihre Ehefrauen an und halfen ihnen dann in den Mantel. Bevor sie aufbrach, ging die Frau in die Hocke, hielt die Balance auf ihren spitzen Absätzen und trocknete die Wangen ihres Kindes. »Weine nicht, mein Liebling. Louise erzählt dir eine Geschichte und schmust mit dir. Nicht wahr, Louise?« Louise nickte. Sie hielt die Kinder, die strampelten, schrien und nach ihrer Mutter verlangten, in Schach. Manchmal hasste Stéphanie sie. Sie fand es schrecklich, wenn sie Louise schlugen und wie kleine Tyrannen behandelten.

Während Louise die Kinder ins Bett brachte, kramte Stéphanie in Schubladen und Schachteln, zog Fotoalben unter Couchtischen hervor. Louise machte alles sauber. Sie spülte das Geschirr, wischte die Arbeitsplatte in der Küche ab. Faltete die Kleidungsstücke zusammen, die Madame aufs Bett geschmissen hatte, bis sie sich endlich für eine Abendgarderobe entschied. »Du musst den Abwasch nicht machen«, sagte Stéphanie ihr immer wieder. »Komm und setz dich zu mir.« Aber Louise konnte es nicht lassen. Sie liebte es, die entzückten Gesichter der Eltern zu sehen, die, wenn sie heimkamen, feststellten, dass sie zur Babysitterin gratis noch eine Putzfrau dazubekommen hatten.

Die Rouviers, für die Louise mehrere Jahre gearbeitet hat, nahmen sie einmal mit in ihr Landhaus. Louise arbeitete, und Stéphanie machte Urlaub. Aber sie war nicht dort, um sich, wie die kleinen Hausherren, in der Sonne zu aalen und mit Obst vollzustopfen. Sie war nicht dort, um mal alle Regeln sausen zu lassen, lange aufzubleiben und Fahrradfahren zu lernen. Sie war nur da, weil niemand wusste, was man sonst mit ihr anfangen sollte. Louise sagte ihr, sie solle sich zurückhalten, leise spielen. Es nicht allzu offensichtlich genießen. »Sie können noch so oft sagen, dass das auch unsere Ferien sind, wenn du dich zu sehr vergnügst, werden sie es uns übel nehmen.« Bei Tisch setzte sie sich neben ihre Mutter, möglichst weit von den Hausherren und ihren Gästen entfernt. Sie erinnert sich, dass die Leute redeten und redeten, während sie und ihre Mutter stumm und mit gesenktem Blick ihr Essen hinunterschlangen.

Die Rouviers ertrugen Stéphanies Anwesenheit nur schwer. Es war ein beinahe körperliches Unbehagen. Sie empfanden eine beschämende Antipathie gegenüber diesem unbeholfenen dunkelhaarigen Mädchen mit seinem verwaschenen T-Shirt und dem ausdruckslosen Gesicht. Wenn es sich im Wohnzimmer neben Tancrède und den kleinen Hector setzte, um fernzuschauen, verstimmte sie das unweigerlich. Es lief immer darauf hinaus, dass sie sie um einen Gefallen baten – »Stéphanie, sei so lieb und hol mir meine Brille aus der Diele« – oder ihr sagten, ihre Mutter warte in der Küche auf sie. Zum Glück verbot Louise ihrer Tochter ganz von allein, sich dem Schwimmbad zu nähern.

Am Vorabend der Abreise hatten Hector und Tancrède Nachbarskinder eingeladen, ihr nagelneues Trampolin auszuprobieren. Stéphanie, die kaum älter war als die Jungen, vollführte beeindruckende Sprünge. Riskante Hüpfer und Kapriolen, die den anderen Kindern begeisterte Schreie entlockten. Schließlich bat Madame Rouvier sie, herunterzukommen und den Kleinen das Trampolin zu überlassen. Ihrem Mann sagte sie leise und in mitfühlendem Ton: »Wir sollten ihr vielleicht nicht noch einmal anbieten mitzukommen. Ich glaube, das ist zu hart für sie. Es muss doch bitter sein, all diese Dinge zu sehen, die sie nicht haben kann.« Ihr Mann hat erleichtert gelächelt.

Die ganze Woche hat Myriam sich auf diesen Abend gefreut. Sie öffnet die Wohnungstür. Louises Handtasche liegt auf dem Wohnzimmersessel. Sie hört die Kinder singen. Eine grüne Maus, und Boote auf dem Wasser, irgendwas, das sich dreht und schwimmt. Sie nähert sich auf Zehenspitzen. Louise kniet auf dem Boden und beugt sich über die Badewanne. Mila taucht den Körper ihrer rothaarigen Puppe ins Wasser, Adam klatscht in die Hände und singt. Vorsichtig hebt Louise Schaumberge aus der Wanne und setzt sie auf die Köpfe der Kinder. Sie lachen über diese Hüte, die von der Nanny weggepustet werden.

In der Metro nach Hause war Myriam so ungeduldig, als wäre sie frisch verliebt. Sie hat ihre Kinder die ganze Woche nicht gesehen und sich fest vorgenommen, heute nur für sie da zu sein. Sie werden zusammen ins große Bett schlüpfen. Sie wird sie kitzeln und knuddeln, wird sie an sich drücken, bis sie keine Luft mehr bekommen. Bis sie sich losstrampeln.

Versteckt hinter der Badezimmertür, beobachtet sie sie und atmet tief ein. Sie hat das verzweifelte Verlangen, sich an ihre Haut zu schmiegen, Küsse auf ihre kleinen Hände zu drücken. Sie will hören, wie sie mit ihren piepsigen

Stimmchen »Mama« rufen. Plötzlich ist sie ganz gerührt. So ist das, seit sie Mutter ist. Sie führt sich manchmal ein bisschen komisch auf. Banale Dinge erscheinen ihr außergewöhnlich. Kleinigkeiten gehen ihr zu Herzen.

Diese Woche ist sie jeden Abend spät nach Hause gekommen. Ihre Kinder schliefen schon, und oft hat sie sich, sobald Louise weg war, zu Mila ins Bett gekuschelt und an den köstlich nach künstlichem Erdbeerbonbon duftenden Haaren ihrer Tochter geschnüffelt. Heute Abend wird sie ihnen Dinge erlauben, die eigentlich verboten sind. Sie werden unter der Bettdecke Toast mit salziger Butter und Schokocreme essen. Sie werden einen Zeichentrickfilm sehen und spät schlafen gehen, alle aneinandergekuschelt. Nachts wird sie Fußtritte ins Gesicht bekommen und keine Ruhe finden aus Sorge, dass Adam aus dem Bett fallen könnte.

Die Kinder steigen aus dem Wasser und kommen angerannt, um sich nackt in die Arme ihrer Mutter zu werfen. Louise fängt an, das Badezimmer aufzuräumen. Sie wischt die Wanne sauber, und Myriam sagt ihr: »Das ist nicht nötig, lassen Sie nur. Es ist schon spät, Sie können nach Hause gehen. Sie haben sicher einen harten Tag hinter sich.« Louise tut so, als hätte sie es nicht gehört, und putzt weiter die Wanne, sammelt Spielsachen ein, die die Kinder überall verteilt haben.

Louise legt die Handtücher zusammen. Sie räumt die Spülmaschine aus und richtet die Betten der Kinder. Sie legt den Schwamm in einen der Küchenschränke, holt einen Topf heraus und stellt ihn auf den Herd. Hilflos sieht Myriam ihr zu. Sie versucht sie zu bremsen. »Ich mach das schon, wirklich.« Sie will Louise den Topf aus der Hand nehmen, aber Louise hält den Griff fest umklammert. Sanft wehrt sie Myriam ab. »Ruhen Sie sich aus«, sagt sie. »Sie müssen müde sein. Genießen Sie Ihre Kinder, ich mache ihnen so lange das Abendessen. Sie werden gar nicht merken, dass ich da bin.«

Und es stimmt. Je mehr Zeit verstreicht, desto mehr perfektioniert Louise die Kunst, zugleich unsichtbar und unverzichtbar zu sein. Myriam ruft nicht mehr an, um Bescheid zu sagen, wenn es später wird, und Mila fragt nicht mehr, wann Mama endlich nach Hause kommt. Louise ist da und hält diese fragile Konstruktion aufrecht. Myriam lässt sich bereitwillig bemuttern. Jeden Tag überlässt sie einer dankbaren Louise weitere Aufgaben. Die Nanny ist wie diese Schemen, die im Theater im Dunkeln das Bühnenbild umbauen. Sie heben ein Sofa an, verschieben geschwind eine Säule aus Pappe, ein Stück Mauer. Louise wirkt hinter den Kulissen, unbemerkt und mächtig. Sie hat die unsichtbaren Fäden in der Hand, ohne die der Zauber nicht funktioniert. Sie ist Vishnu, die nährende, eifersüchtige und schützende Gottheit. Sie ist die Wölfin mit der Zitze, an der sie alle trinken, die verlässliche Quelle ihres Familienglücks.

Man sieht sie an, und man sieht sie nicht. Ihre Anwesenheit ist so intim wie unaufdringlich. Sie kommt immer früher, geht immer später. Einmal, als Myriam morgens aus der Dusche steigt, steht sie plötzlich nackt vor der Nanny, die nicht mit der Wimper zuckt. »Was soll's«, beruhigt sich Myriam. »So etwas ist ihr nicht peinlich.«

Louise ermutigt das Paar auszugehen. »Genießen Sie es, solange Sie jung sind«, wiederholt sie gebetsmühlenartig. Myriam hört auf ihren Rat. Sie findet Louise klug und verständnisvoll. Eines Abends gehen Paul und Myriam auf ein Fest bei einem Musiker, den Paul gerade kennengelernt hat. Die Party steigt in einer Dachwohnung im 6. Arrondissement. Die Gäste drängen sich in dem winzigen, niedrigen Wohnzimmer wie in einer Sardinenbüchse. Es herrscht ausgelassene Stimmung, und bald fangen alle an zu tanzen. Die Frau des Musikers, eine große Blonde mit pinkem Lippenstift, lässt Joints herumgehen und schenkt Wodka in eiskalte Gläser. Myriam redet und lacht aus vollem Hals mit Leuten, die sie gar nicht kennt. Eine Stunde lang sitzt sie in der Küche auf der Arbeitsfläche. Um drei Uhr früh schreien die Gäste, dass sie Hunger haben, und die schöne Blonde macht Omelett mit Pilzen, das sie alle mit klackernden Gabeln direkt aus der Pfanne essen.

Als sie gegen vier Uhr nach Hause kommen, ist Louise auf dem Sofa eingenickt, die Beine an die Brust gezogen, die Hände gefaltet. Paul deckt sie vorsichtig zu. »Wecken wir sie nicht auf. Sie sieht so friedlich aus.« Und so fängt Louise an, ein oder zwei Mal in der Woche bei ihnen zu schlafen. Es wird nicht eindeutig ausgesprochen, sie reden nicht darüber, aber Louise baut sich beharrlich ihr Nest inmitten der Wohnung.

Paul macht sich manchmal Sorgen wegen ihrer Arbeitszeiten, die sich immer weiter ausdehnen. »Nicht, dass sie uns eines Tages vorwirft, wir würden sie ausbeuten.« Myriam verspricht ihm, die Dinge in die Hand zu nehmen. Sie, die sonst so streng und geradlinig ist, macht sich Vorwürfe, dass sie das nicht schon längst getan hat. Sie wird mit Louise sprechen und die Sache klarstellen. Es ist ihr zugleich unangenehm und allzu recht, dass Louise sich diese ganzen häuslichen Pflichten auferlegt, dass sie all das vollbringt, worum sie sie nie gebeten hat. Myriam entschuldigt sich andauernd wortreich. Wenn sie spät nach Hause kommt, sagt sie: »Verzeihen Sie, dass ich Ihre Freundlichkeit ausgenutzt habe.« Und Louise antwortet jedes Mal: »Aber dafür bin ich doch da. Machen Sie sich keine Sorgen.«

Myriam macht ihr oft Geschenke. Ohrringe, die sie in einer billigen Boutique an der Metrohaltestelle gekauft hat. Einen Orangen-Teekuchen, Louises einziges Laster. Sie gibt ihr Kleider, die sie nicht mehr anzieht, obwohl sie lange Zeit gedacht hat, dass das etwas Beschämendes hat. Myriam tut alles, um Louises Gefühle nicht zu verletzen, ihren Neid nicht zu wecken. Wenn sie für sich oder die Kinder einkaufen war, versteckt sie die neuen Sachen in einem Stoffbeutel und packt sie erst aus, nachdem Louise weggegangen ist. Paul lobt sie für ihr Taktgefühl.

Inzwischen kennen alle Leute aus Pauls und Myriams Umgebung Louise. Einige haben sie selbst erlebt, andere nur von den Heldentaten dieser traumhaften Nanny gehört, die einem Kinderbuch entsprungen zu sein scheint.

»Louises Abendessen« werden zu einer Tradition, einem bei allen Freunden von Paul und Myriam beliebten Anlass. Louise kennt den Geschmack jedes Einzelnen von ihnen. Sie weiß, dass Emma ihre Magersucht hinter einer ausgeklügelten vegetarischen Ideologie verbirgt. Dass Pauls Bruder Patrick Fleisch und Pilze liebt. Die Diners finden im Allgemeinen freitags statt. Louise kocht den ganzen Nachmittag, während die Kinder zu ihren Füßen spielen. Sie räumt die Wohnung auf, bindet einen Blumenstrauß und schmückt den Tisch. Sie ist durch halb Paris gefahren, um ein paar Meter Stoff zu kaufen, aus dem sie eine Tischdecke genäht hat. Wenn alles aufgedeckt ist, die Soße eingedickt und der Wein dekantiert ist, schlüpft Louise aus der Wohnung. Manchmal begegnet sie den Gästen im Hauseingang oder am Metroschacht. Sie reagiert schüchtern auf ihr Lob und das komplizenhafte Lächeln, das sie ihr zuwerfen, während sie sich eine Hand auf den Bauch legen und ihnen das Wasser im Mund zusammenläuft.

Eines Abends besteht Paul darauf, dass sie bleibt. Es ist ein besonderer Tag. »Wir haben einiges zu feiern!« Pascal hat Myriam einen wichtigen Fall anvertraut, den sie, dank einer raffinierten und unnachgiebigen Verteidigung, im Begriff ist zu gewinnen. Auch Paul ist bestens aufgelegt. Vor einer Woche war er im Studio gerade dabei, an seinen eigenen Sounds zu arbeiten, als ein bekannter Sänger in die Tonkabine kam. Sie haben sich stundenlang unterhalten – über ihren gemeinsamen Musikgeschmack, mögliche Arrangements und unglaubliches Material, das sie sich beschaffen könnten, bis der Sänger Paul schließlich vorgeschlagen hat, seine nächste Platte zu produzieren. »Es gibt so Jahre, in denen klappt einfach alles. Das muss man feiern«, verkündet Paul. Er nimmt Louise bei den Schultern und sieht sie lächelnd an. »Ob Sie es wollen oder nicht, heute Abend essen Sie mit uns.«

Louise ist ins Kinderzimmer geflüchtet. Sie ist lange neben Mila liegen geblieben. Sie streichelt ihre Schläfen und ihre Haare. Im blauen Schimmer des Nachtlichts betrachtet sie Adams entspanntes Gesicht. Sie kann sich nicht entschließen rauszugehen. Sie hört, wie sich die Wohnungstür öffnet, hört Lachen im Flur. Eine Champagnerflasche wird entkorkt, ein Sessel an die Wand geschoben. Im Bad richtet Louise ihren Haarknoten und trägt etwas blasslila Lidschatten auf. Myriam schminkt sich nie. Heute Abend trägt sie eine gerade geschnittene Jeans und ein Hemd von Paul mit hochgekrempelten Ärmeln.

»Ihr kennt euch noch gar nicht, oder? Pascal, darf ich dir unsere Louise vorstellen. Du weißt, dass alle uns um sie beneiden!« Myriam legt Louise einen Arm um die Schultern. Sie lächelt und wendet sich ab, verlegen angesichts dieser vertraulichen Geste.

»Louise, darf ich Ihnen Pascal vorstellen, meinen Chef.«

»Deinen Chef? Nun hör aber mal auf! Wir arbeiten zusammen. Wir sind Kollegen.« Pascal streckt Louise laut lachend die Hand hin.

Louise hat sich in eine Ecke des Sofas gesetzt, ihre langen Finger mit den lackierten Nägeln umklammern den Champagnerkelch. Sie ist unsicher wie eine Fremde, wie eine Emigrantin, die die Sprache um sich herum nicht versteht. Über den Couchtisch hinweg, tauscht sie mit den anderen Gästen lächelnd befangene und wohlwollende Blicke. Man erhebt sein Glas auf Myriams Talent, auf Pauls Sänger, dessen letzten Hit gleich irgendjemand summt. Sie reden über ihre Arbeit, über Terrorismus, über Immobilien. Patrick erzählt von seinen Urlaubsplänen auf Sri Lanka.

Emma, die neben Louise sitzt, redet über ihre Kinder. Damit kennt Louise sich aus. Emma legt ihre Sorgen dar, die Louise sogleich zerstreut. »Das habe ich oft erlebt, das braucht Sie nicht zu beunruhigen«, wiederholt die Nanny. Emma, die so viele Ängste hat und der nie jemand zuhört, beneidet Myriam darum, auf diese rätselhafte Nanny zählen zu können. Emma ist eine sanftmütige Frau, die nur ihre stets ineinander verknoteten Finger verraten. Sie ist freundlich, aber missgünstig. Sie ist zugleich kokett und entsetzlich komplexbeladen.

Emma lebt im 20. Arrondissement, in einem Teil des Viertels, in dem ehemals besetzte Häuser in Öko-Kindergärten umgewandelt wurden. Sie wohnt in einem kleinen Einfamilienhaus, das so geschmackvoll eingerichtet ist, dass man sich darin fast unwohl fühlt. Man hat den Eindruck, ihr mit Nippes und Kissen überladenes Wohnzimmer ist eher dafür bestimmt, Neid zu erwecken, als es sich darin bequem zu machen.

»Die staatliche Schule im Viertel ist eine Katastrophe. Die Kinder spucken auf den Boden. Wenn man vorbeigeht, hört man, wie sie sich als ›Arschloch‹ und ›Schwuchtel‹ beschimpfen. Ich will natürlich nicht sagen, dass in unserer Privatschule niemand ›Arsch‹ sagt. Aber sie sagen es anders, verstehen Sie? Zumindest wissen sie, dass sie es nur untereinander sagen dürfen. Sie wissen, dass es schlecht ist.«

Emma hat sogar gehört, dass die Eltern ihre Kinder an der öffentlichen Schule eine halbe Stunde zu spät und im Pyjama abliefern. Dass eine verschleierte Mutter sich geweigert hat, dem Direktor die Hand zu geben.

»Es ist traurig, das zu sagen, aber Odin wäre in seiner Klasse der einzige Weiße gewesen. Sicher sollte man nicht so leicht klein beigeben, aber ich habe einfach keine Lust, dass er eines Tages nach Hause kommt, Gott anruft und Arabisch spricht.« Myriam lächelt ihr zu. »Du weißt doch, was ich meine?«

Sie stehen lachend auf und setzen sich zu Tisch. Paul platziert Emma neben sich. Louise stürzt in die Küche und wird von Beifall empfangen, als sie mit ihrem Gericht in den Händen zurückkommt. »Sie wird rot«, amüsiert sich Paul mit etwas zu schriller Stimme. Ein paar Minuten lang steht Louise im Zentrum der Aufmerksamkeit. »Wie hat sie diese Soße gemacht?« »Was für eine gute Idee, Ingwer zu benutzen!« Die Gäste loben sie überschwänglich, und Paul beginnt über sie – »unsere Nounou« – zu reden, so wie man über Kinder oder Greise in deren Gegenwart spricht. Paul schenkt Wein ein, und die Unterhaltung erhebt sich bald über die weltliche Kost. Sie reden immer lauter. Sie drücken ihre Zigaretten in den Tellern aus, und die Kippen schwimmen in einem Rest Soße. Niemand hat bemerkt, dass Louise sich in die Küche zurückgezogen hat, die sie eifrig putzt.

Myriam wirft Paul einen genervten Blick zu. Sie tut so, als würde sie über seine Witze lachen, aber sie kann es nicht leiden, wenn er betrunken ist. Er wird dann schlüpfrig und plump, verliert den Sinn für die Realität. Sobald er zu viel getrunken hat, spricht er ätzenden Leuten gegenüber Einladungen aus und verpflichtet sich zu Dingen, die er nicht einhalten kann. Er erzählt Lügen. Aber er scheint den Ärger seiner Frau nicht zu bemerken. Er öffnet eine weitere Flasche Wein und klopft mit der flachen Hand auf die Tischkante. »Dieses Jahr werden wir uns etwas Gutes tun und unsere Nanny mit in den Urlaub nehmen! Man muss das Leben genießen, oder nicht?« Louise lächelt, einen Stapel Teller im Arm.

Am nächsten Morgen erwacht Paul in seinem zerknautschten Hemd, die Lippen noch verfärbt vom Rotwein. Unter der Dusche erinnert er sich nach und nach an den Abend. Ihm fällt seine Ansage wieder ein und der finstere Blick seiner Frau. Er fühlt sich bescheuert und schon im Voraus ermattet. Diesen Fehler muss er wiedergutmachen. Oder er könnte so tun, als hätte er nichts gesagt, könnte einfach vergessen, die Zeit verstreichen lassen. Er weiß, dass Myriam ihn lächerlich machen und ihm seine weinseligen Versprechungen vorhalten wird. Sie wird ihm seine Inkonsequenz in Geldfragen und seine Leichtfertigkeit Louise gegenüber vorwerfen. »Wegen dir wird sie enttäuscht sein, aber weil sie immer so freundlich ist, wird sie nicht wagen, es zu sagen.« Myriam wird ihm ihre Rechnungen unter die Nase und die Realität vor Augen halten. Und zum Schluss wird sie sagen: »So ist es immer, wenn du trinkst.«

Aber Myriam wirkt nicht verärgert. Sie liegt auf dem Sofa, mit Adam im Arm, und schenkt ihm ein überwältigend sanftes Lächeln. Sie hat einen Männerpyjama an, der ihr viel zu groß ist. Paul setzt sich neben sie, schnurrt in ihrem Nacken, dessen Duft nach Heide er liebt. »Ist das wahr, was du gestern gesagt hast? Glaubst du wirklich, wir können Louise diesen Sommer mitnehmen?«, fragt sie. »Stell dir nur vor! Wir hätten endlich einmal richtig Urlaub. Und Louise würde sich so freuen: Was sollte sie schon Besseres vorhaben?«

Es ist so heiß, dass Louise das Fenster des Hotelzimmers einen Spaltbreit offen gelassen hat. Das Geschrei der Betrunkenen und die quietschenden Autobremsen wecken Adam und Mila nicht, die mit offenem Mund schnarchen, ein Beinchen aus dem Bett gestreckt. Sie bleiben nur eine Nacht in Athen, und Louise teilt sich ein winziges Zimmer mit den Kindern, damit es nicht so teuer wird. Sie haben den ganzen Abend gelacht. Sie sind spät zu Bett gegangen. Adam war glücklich, er hat auf der Straße getanzt, auf dem Athener Pflaster, und die Alten haben, bezaubert von seinem Ballett, in die Hände geklatscht. Louise hat die Stadt nicht gefallen, durch die sie trotz der stechenden Sonne und des Gequengels der Kleinen den ganzen Nachmittag marschiert sind. Sie denkt nur an morgen, an ihre Fahrt zu den Inseln, deren Mythen und Legenden Myriam den Kindern erzählt hat.

Myriam kann nicht gut Geschichten erzählen. Sie hat eine nervige Art, schwierige Worte besonders deutlich auszusprechen, und beendet jeden Satz mit »Weißt du?«, »Verstehst du?«. Aber Louise hat wie ein eifriges Kind der Geschichte von Zeus und der Kriegsgöttin gelauscht. Genau wie Mila liebt sie Aigeus, der dem Meer seinen Namen gegeben hat, diesem Meer, auf dem sie zum ersten Mal ein Boot besteigen wird.

Am Morgen bekommt sie Mila kaum aus dem Bett. Die Kleine schläft noch halb, während die Nounou sie anzieht. Im Taxi, das sie an den Hafen von Piräus bringt, versucht Louise sich an die antiken Götter zu erinnern, aber sie hat nichts behalten. Alles ist weg. Sie hätte sich die Namen dieser Helden in ihrem geblümten Heft notieren sollen. Sie hätte später noch mal in Ruhe über die Geschichten nachdenken können, allein. Am Zugang zum Hafen hat sich ein ungeheurer Stau gebildet, Polizisten versuchen den Verkehr zu regeln. Es ist schon sehr heiß, und Adam, der auf Louises Schoß sitzt, ist schweißbedeckt. Riesige Leuchtschilder kennzeichnen die Kais, an denen die abfahrbereiten Boote vertäut sind, aber Paul versteht nur Bahnhof. Er wird wütend, regt sich auf. Der Taxifahrer dreht um, zuckt resigniert mit den Schultern. Er spricht kein Englisch. Paul bezahlt ihn. Sie steigen aus dem Auto und rennen, schleifen die Koffer und Adams Buggy zu ihrem Anlegeplatz. Die Matrosen wollen gerade die Gangway hochziehen, da bemerken sie die zerzauste zurückgelassene Familie, die verzweifelt mit den Armen rudert. Sie haben Glück gehabt.

Sobald sie sich hingesetzt haben, schlafen die Kinder wieder ein. Adam in den Armen seiner Mutter und Mila mit dem Kopf auf Pauls Knien. Louise möchte das Meer und die Umrisse der Inseln sehen. Sie geht auf Deck. Auf einer Bank liegt eine Frau in der Sonne. Sie trägt einen Bikini: knappes Höschen und rosa Bandeau, das kaum ihre Brüste verbirgt. Sie hat platinblondes und sehr sprödes Haar, aber was Louise besonders auffällt, ist ihre Haut. Eine bläulichrote Haut, bedeckt mit großen braunen Flecken. An manchen Stellen, an der Innenseite der Oberschenkel, auf den Wangen, am Brustansatz, hat sie Blasen gebildet, ist offen, wie verbrannt. Die Frau liegt reglos da, wie eine Gehäutete, deren Leichnam zur Schau gestellt wird.

Louise wird seekrank. Sie atmet tief ein und aus, schließt die Augen und öffnet sie dann wieder, unfähig, den Schwindel zu unterdrücken. Sie kann sich nicht bewegen. Den Rücken an die Brücke gelehnt, sitzt sie auf einer Bank, weit weg von der Reling. Sie würde gern das Meer sehen, sich daran erinnern, an diese Inseln mit den weißen Ufern, auf die die Touristen mit dem Finger zeigen. Sie würde sich gern die Konturen der ankernden Segelboote einprägen und der schlanken Gestalten, die ins Wasser tauchen. Sie würde gern, aber ihr Magen rebelliert.

Die Sonne brennt immer stärker, und viele Leute schauen inzwischen die Frau an, die auf der Bank liegt. Sie hat eine Maske über den Augen, und der Wind hindert sie sicher daran, das unterdrückte Lachen, die Kommentare und das Getuschel zu hören. Louise kann ihren Blick nicht von dem mageren, vor Schweiß tropfenden Körper wenden. Dieser von der Sonne versengten Frau, wie ein Stück Fleisch auf dem Grill.

Paul hat zwei Zimmer in einer netten Familienpension gemietet, die hoch über einem Strand liegt, an dem sich viele Kinder tummeln. Die Sonne geht unter und taucht die Bucht in rosa Licht. Sie spazieren Richtung Apollonia, der Hauptstadt der Insel. Die Wege sind gesäumt von Kakteen und Feigenbäumen. Ein Kloster auf der Spitze eines Felsens empfängt Touristen in Badehosen. Louise ist ganz durchdrungen von der Schönheit dieses Ortes, der Stille der engen Straßen und kleinen Plätze, auf denen Katzen schlafen. Sie setzt sich auf ein Mäuerchen, lässt die Füße baumeln und sieht zu, wie eine Frau den Hof vor ihrem Haus fegt.

Die Sonne ist im Meer versunken, aber es ist nicht dunkel. Im pastellfarbenen Licht kann man noch alle Einzelheiten der Umgebung erkennen. Den Umriss einer Glocke auf einem Kirchendach. Das Adlerprofil einer Steinbüste. Das Meer und der buschbewachsene Küstenstreifen scheinen sich zu entspannen, sich in schmachtender Trägheit der Nacht hinzugeben, ganz allmählich, indem sie die Erwartung noch ein wenig hinausziehen.

Nachdem sie die Kinder ins Bett gebracht hat, kann Louise nicht schlafen. Sie setzt sich auf die Terrasse vor ihrem

Zimmer und betrachtet die sanft gerundete Bucht. Am Abend ist Wind aufgekommen, ein Meereswind, in dem sie den Geschmack von Salz und Wunschträumen erahnt. Dort ist sie eingeschlafen, auf einem Liegestuhl, zugedeckt nur mit einem dünnen Umschlagtuch. Die kalte Morgendämmerung weckt sie, und beinahe entfährt ihr ein Schrei angesichts des Schauspiels, das der Tag ihr bietet. Eine reine, schlichte, offenbare Schönheit. Eine Schönheit, die sich jedem Herz erschließt.

Auch die Kinder erwachen, begeistert. Sie können von nichts anderem reden als dem Meer. Adam möchte sich im Sand herumkugeln. Mila möchte Fische sehen. Sobald sie fertig gefrühstückt haben, gehen sie herunter an den Strand. Louise trägt ein weites orangefarbenes Kleid, eine Art Djellaba, die Myriam ein Lächeln entlockt. Madame Rouvier hat sie ihr vor Jahren gegeben, nicht ohne vorher zu betonen: »Ach, wissen Sie, die habe ich viel getragen.«

Die Kinder sind bereit. Sie hat sie mit Sonnencreme getüncht, und jetzt stürmen die beiden den Strand. Louise setzt sich an eine kleine Steinmauer. Im Schatten einer Kiefer, die Knie angewinkelt, betrachtet sie das Glitzern der Sonne auf dem Meer. Sie hat noch nie etwas so Schönes gesehen.

Myriam hat sich bäuchlings ausgestreckt und liest einen Roman. Paul, der vor dem Frühstück sieben Kilometer gejoggt ist, döst vor sich hin. Louise baut Sandburgen. Sie formt eine riesige Schildkröte, die Adam ständig kaputt macht und die sie geduldig immer wieder aufbaut. Mila, die die Hitze nicht mehr erträgt, zieht Louise am Arm. »Komm, Louise, komm ins Wasser.« Die Nounou gibt nicht nach. Sie sagt ihr, sie solle warten. Sie solle sitzen bleiben. »Hilf mir, die Schildkröte fertig zu machen, ja?« Sie zeigt dem Kind Muscheln, die sie gesammelt hat und nun sorgfältig auf dem Panzer ihrer Riesenschildkröte verteilt.

Die Kiefer wirft nicht mehr genug Schatten, und die Hitze wird immer drückender. Louise ist schweißgebadet, sie weiß nicht mehr, was sie dem Kind erwidern soll, das sie inzwischen anfleht. Mila nimmt ihre Hand, doch Louise weigert sich aufzustehen. Sie packt den Arm der Kleinen und stößt sie so grob von sich, dass Mila hinfällt. Louise schreit: »Willst du mich endlich loslassen!«

Paul öffnet die Augen. Myriam stürzt zu der weinenden Mila und tröstet sie. Sie werfen Louise zornige und enttäuschte Blicke zu. Die Nanny ist beschämt zurückgewichen. Sie wollen gerade eine Erklärung von ihr verlangen, als sie langsam murmelt: »Ich habe Ihnen nicht gesagt, dass ich nicht schwimmen kann.«

Paul und Myriam schweigen. Sie bedeuten Mila, die angefangen hat, hämisch zu lachen, dass sie still sein soll. Mila hänselt: »Louise ist ein Baby. Sie kann nicht mal schwimmen.« Paul ist peinlich berührt, und dieses Gefühl macht ihn wütend. Er nimmt es Louise übel, dass sie ihre Bedürftigkeit und ihre Schwäche mit hierhergebracht hat. Dass ihre Leidensmiene ihnen den Tag vermiest. Er geht mit den Kindern ins Wasser, und Myriam steckt die Nase wieder in ihr Buch.

Der Vormittag ist verdorben durch Louises trübe Stimmung, und bei Tisch, auf der Terrasse der kleinen Taverne, schweigen alle. Sie sind noch nicht fertig mit essen, da steht Paul plötzlich auf und nimmt Adam auf den Arm. Er geht zu dem kleinen Laden am Strand und kommt hüpfend zurück, weil ihm der Sand die Fußsohlen verbrennt. In der

Hand hält er ein Paket, das er vor Louise und Myriam hin und her schwenkt. »Bitte schön«, sagt er. Die beiden Frauen antworten nicht, doch Louise streckt fügsam den Arm aus, als Paul ihr einen Schwimmflügel über den Ellbogen streift. »Sie sind so zierlich, dass Ihnen sogar Kinderschwimmflügel passen!«

Die ganze Woche lang nimmt Paul Louise mit zum Schwimmen. Sie stehen beide früh auf, und während Myriam und die Kinder am Pool der Pension bleiben, gehen Paul und Louise hinunter an den noch menschenleeren Strand. Sobald sie den nassen Sand erreichen, nehmen sie einander an der Hand und waten durchs Wasser, auf den Horizont zu. Sie gehen so lange, bis ihre Füße sich sacht vom Sand lösen und ihre Körper zu schweben beginnen. In diesem Moment empfindet Louise jedes Mal eine panische Angst, die sie nicht verbergen kann. Sie stößt einen kleinen Schrei aus, der Paul verrät, dass er ihre Hand noch fester drücken muss.

Am Anfang ist es ihm peinlich, Louises Haut zu berühren. Als er ihr beibringt, Toter Mann zu machen, legt er eine Hand unter ihren Nacken und eine unter ihren Po. Ihm kommt ein idiotischer, flüchtiger Gedanke, über den er innerlich lachen muss: »Louise hat einen Po.« Louise hat einen Körper, der unter Pauls Händen zittert. Einen Körper, den er, der Louise in die Welt der Kinder oder der Angestellten einsortiert hat, nicht gesehen, ja nicht einmal erahnt hat. Er, der sie zweifellos nicht sah. Dabei ist Louise gar kein unangenehmer Anblick. Wie sie so auf seinen Handflächen liegt, wirkt die Nanny wie eine kleine Puppe.

Ein paar Haarsträhnen sind unter der Badekappe hervorgerutscht, die Myriam ihr gekauft hat. Die leichte Bräune lässt winzige Sommersprossen auf ihren Wangen und ihrer Nase zum Vorschein kommen. Zum ersten Mal bemerkt Paul einen feinen Flaum auf ihrem Gesicht, wie bei gerade geschlüpften Küken. Aber sie hat etwas Sprödes und Kindliches an sich, das Paul daran hindert, ihr gegenüber ein so unverblümtes Gefühl wie Lust zu empfinden.

Louise betrachtet ihre Füße, die im Sand versinken und an denen die Wellen lecken. Auf dem Boot hat Myriam ihnen erzählt, dass Sifnos seinen Wohlstand den Gold- und Silberadern in seinem Boden verdankt. Und Louise ist überzeugt, dass die Glitzerpünktchen, die sie durch das Wasser auf den Felsen sieht, Plättchen dieser Edelmetalle sind. Das kühle Wasser bedeckt ihre Schenkel. Jetzt ist ihre Vagina untergetaucht. Das Meer ist ruhig, durchscheinend. Nicht eine Welle überrascht Louise und bespritzt ihre Brust. Babys sitzen unter den entspannten Blicken ihrer Eltern am Meeressaum. Als das Wasser ihre Taille erreicht, kann Louise nicht mehr atmen. Sie schaut sich um, der Himmel strahlt, irreal. Sie ertastet an ihren dünnen Armen die gelbblauen Schwimmflügel, die eine Languste und der Meeresgott Triton zieren. Flehend sieht sie Paul an. »Es kann nichts passieren«, schwört er. »Solange Sie den Boden berühren, kann Ihnen nichts passieren.« Aber Louise ist wie versteinert. Sie spürt, dass sie das Gleichgewicht verlieren wird. Dass sie von der Tiefe erfasst werden wird, den Kopf unter Wasser, die Beine im Leeren strampelnd bis zur Erschöpfung.

Sie erinnert sich, dass einer ihrer Klassenkameraden als Kind in einen Teich am Dorfausgang gefallen war. Ein morastiger Tümpel, von dessen Gestank ihr im Sommer schlecht wurde. Die Kinder gingen zum Spielen dorthin, ungeachtet der elterlichen Verbote, ungeachtet der Mücken, die das stehende Wasser anzog. Eingetaucht ins Blau des Ägäischen Meeres, denkt Louise an dieses stinkende schwarze Wasser und an das Kind, das man mit dem Gesicht im Schlamm gefunden hatte. Vor ihr strampelt Mila mit den Füßen. Sie bleibt oben.

Betrunken steigen sie die Steintreppe zur Terrasse hoch, die an das Kinderzimmer grenzt. Sie lachen, und Louise hält sich manchmal an Pauls Arm fest, um eine etwas höhere Stufe zu erklimmen. Unter der purpurroten Bougainvillea kommt sie wieder zu Atem. Sie schaut auf die Bucht hinunter, in der junge Paare tanzen und Cocktails trinken. In der Bar wird eine Strandparty gefeiert. *»Full moon party«*. Paul übersetzt für sie. Ein Fest für den Mond, der heute voll und fuchsrot ist und dessen Pracht sie den ganzen Abend kommentiert haben. Sie hat noch nie einen solchen Mond gesehen, so schön, dass man ihn sich vom Himmel holen möchte. Ein Mond, der nicht kalt und grau ist, wie die Monde ihrer Kindheit.

Von der Terrasse des Restaurants auf dem Hügel aus haben sie die Bucht von Sifnos und den lavafarbenen Sonnenuntergang betrachtet. Paul hat sie auf die Wolken aufmerksam gemacht, die wie geklöppelte Spitze aussahen. Die Touristen haben fotografiert, und als Louise mit ihrem Mobiltelefon ebenfalls aufstehen wollte, hat Paul ihr sacht die Hand auf den Arm gelegt, damit sie sich wieder hinsetzt. »Das wird nach nichts aussehen. Besser, Sie behalten das Bild in Erinnerung.«

Zum ersten Mal essen sie zu dritt. Die Eigentümerin der Pension hat ihnen angeboten, auf die Kinder aufzupassen. Sie sind genauso alt wie ihre, und seit ihrer Ankunft sind die Kleinen unzertrennlich. Myriam und Paul waren nicht darauf vorbereitet. Louise hat natürlich zuerst abgelehnt. Sie hat gesagt, sie könne sie nicht allein lassen, sie müsse sie ins Bett bringen. Das sei ihre Arbeit. »Sie waren den ganzen Tag schwimmen, die werden problemlos einschlafen«, hat die Besitzerin in schlechtem Französisch erwidert.

Also sind sie zu Fuß zu dem Restaurant gegangen, ein bisschen unbeholfen, schweigend. Beim Essen haben sie alle mehr als gewöhnlich getrunken. Myriam und Paul hatten etwas Angst vor diesem Abend. Worüber sollten sie sich unterhalten? Sie sagen sich, dass es das Richtige sei, Louise mitzunehmen, dass es ihr gefallen werde. »Damit sie spürt, dass wir ihre Arbeit wertschätzen, verstehst du?« Also reden sie über die Kinder, über die Landschaft, über das Baden am nächsten Tag, über Milas Fortschritte beim Schwimmen. Sie machen Konversation. Louise würde gern erzählen. Irgendetwas erzählen, egal was. Eine eigene Geschichte, aber sie traut sich nicht. Sie holt tief Luft, reckt ihr Gesicht vor, um etwas zu sagen, und zieht sich wieder zurück, stumm. Sie trinken, und die Stille wird friedlich, verheißungsvoll.

Paul, der neben ihr sitzt, legt ihr schließlich den Arm um die Schultern. Der Ouzo hebt seine Laune. Er drückt ihre Schulter mit seiner großen Hand, lächelt ihr zu wie einem alten Freund, einem Kumpel seit ewigen Zeiten. Bezaubert sieht sie den Mann an. Seine gebräunte Haut, seine großen weißen Zähne, die von Sonne und Wind gebleichten Haare. Er schüttelt Louise ein wenig, wie man es mit einem schüchternen oder bekümmerten Freund tut, jemandem, von dem man möchte, dass er sich entspannt oder sich wieder aufrichtet. Wenn sie sich trauen würde, würde sie ihre Hand auf Pauls Hand legen und sie mit ihren mageren Fingern drücken. Aber sie traut sich nicht.

Sie ist fasziniert von Pauls Ungezwungenheit. Er scherzt mit dem Kellner, der ihnen einen Digestif ausgegeben hat. In wenigen Tagen hat er genug Worte auf Griechisch gelernt, um die Händler zum Lachen zu bringen oder Rabatt zu bekommen. Die Leute erkennen ihn wieder. Am Strand wollen alle Kinder mit ihm spielen, und er beugt sich lachend ihren Wünschen. Er trägt sie huckepack, wirft sich mit ihnen ins Wasser. Er isst mit unglaublichem Appetit. Myriam scheint es zu nerven, aber Louise findet es rührend, dass er so ein Schlemmer ist und gleich die ganze Karte bestellt. »Das nehmen wir auch. Zum Probieren, oder?« Und er angelt mit den Fingern nach Fleisch-, Paprika- oder Käsestücken, die er mit einem unschuldigen Vergnügen vertilgt.

Zurück auf der Hotelterrasse, prusten sie hinter vorgehaltener Hand, und Louise legt sich einen Finger auf die Lippen. Sie dürfen die Kleinen nicht aufwecken. Diese Anwandlung von Verantwortungsbewusstsein kommt ihnen auf einmal lächerlich vor. Sie, die sie den ganzen Tag lang für die Kinder sorgen, spielen nun selbst Kinder. An diesem Abend werden sie von einer ungewohnten Leichtigkeit gestreift. Die Trunkenheit befreit sie von den angestauten Ängsten, den Spannungen, die ihr Nachwuchs zwischen ihnen sät, zwischen Mann und Frau, Mutter und Nanny.

Louise weiß, wie flüchtig dieser Moment ist. Sie sieht genau, dass Pauls Blick begehrlich auf den Schultern seiner Frau ruht. Das hellblaue Kleid hebt Myriams goldbraune Haut hervor. Die beiden beginnen zu tanzen, schwanken von einem Fuß auf den anderen. Sie sind ungeschickt, fast verlegen, und Myriam kichert, als hätte sie schon sehr lange niemand mehr um die Taille gefasst. Als fühle sie sich lächerlich, so begehrt zu werden. Myriam legt die Wange an die Schulter ihres Mannes. Louise weiß, dass sie stehen bleiben werden, dass sie gute Nacht sagen und so tun werden, als seien sie müde. Sie würde sie gerne zurückhalten, sich an sie klammern, mit ihren Nägeln über den steinernen Fußboden kratzen. Sie würde sie gern unter eine Glasglocke bannen, wie zwei lächelnde, erstarrte Tänzer auf dem Sockel einer Spieluhr. Sie sagt sich, dass sie sie stundenlang betrachten könnte, ohne es je leid zu werden. Dass sie sich damit begnügen würde, ihnen beim Leben zuzusehen, im Hintergrund zu wirken, damit alles perfekt ist, damit der Mechanismus nie ins Stocken gerät. Tief in ihrem Innern ist sie sich jetzt sicher, brennend und schmerzhaft sicher, dass ihr Glück von ihnen abhängt. Dass sie selbst ihnen gehört und die beiden ihr gehören.

Paul kichert leise. Er hat etwas gemurmelt, die Lippen im Nacken seiner Frau vergraben. Etwas, das Louise nicht verstanden hat. Er hält Myriams Hand fest, und wie zwei brave Kinder wünschen sie Louise gute Nacht. Sie sieht ihnen zu, wie sie die Steintreppe zu ihrem Zimmer hochgehen. Der Schattenriss ihrer Körper verschwimmt, löst sich auf, die Tür schlägt zu. Die Vorhänge werden zugezogen. Louise versinkt in eine unanständige Träumerei. Sie hört, ohne es zu wollen, obwohl sie sich dagegen wehrt. Sie hört Myriams Winseln, ihr puppenhaftes Stöhnen. Sie hört das Rascheln der Laken und das Kopfteil des Bettes, das gegen die Wand schlägt.

Louise öffnet die Augen. Adam weint.

Rose Grinberg

Madame Grinberg wird die kurze Fahrt im Aufzug mindestens hundertmal schildern. Fünf Stockwerke nach einer geringen Wartezeit im Erdgeschoss. Kaum zwei Minuten, die zum einschneidendsten Moment ihres Lebens geworden sind. Dem schicksalhaften Moment. Immer und immer wieder wird sie sich sagen, dass sie den Lauf der Dinge hätte ändern können. Wenn sie genauer auf Louises Atem geachtet hätte. Wenn sie ihre Fenster und die Klappläden nicht zum Mittagsschlaf geschlossen hätte. Sie wird am Telefon darüber weinen, und ihre Töchter werden sie nicht trösten können. Die Polizisten werden genervt sein, dass sie sich so wichtigmacht, und ihre Tränen werden erst recht fließen, wenn sie schroff bemerken: »Sie hätten sowieso nichts tun können.« Sie wird alles den Journalisten erzählen, die den Prozess verfolgen. Sie wird mit der Anwältin der Angeklagten darüber reden, die sie arrogant und ungepflegt findet, und es vor Gericht wiederholen, wo man sie als Zeugin aufrufen wird.

Louise, wird sie jedes Mal sagen, war nicht wie sonst. Sie, die man so freundlich und umgänglich kannte, stand starr vor der Glastür. Adam saß auf einer Stufe und stieß schrille Schreie aus, während Mila ihn hüpfend schubste. Louise rührte sich nicht. Nur ihre Unterlippe zitterte leicht. Sie hatte die Hände gefaltet und hielt die Augen gesenkt. Anscheinend störte sie der Lärm der Kinder ausnahmsweise einmal nicht. Sie, die sonst immer so besorgt war wegen der Nachbarn und auf gutes Benehmen achtete, hat nichts zu den Kindern gesagt. Sie schien sie nicht zu hören.

Madame Grinberg schätzte Louise sehr, sie bewunderte diese tadellose Frau sogar, die sich mit eifersüchtiger Sorgfalt um die Kinder kümmerte. Mila hatte immer streng geflochtene Zöpfe oder die Haare in einem Knoten hochgesteckt. Adam schien Louise zu vergöttern. »Jetzt, nachdem sie das getan hat, sollte ich es vielleicht nicht sagen. Aber in dem Moment habe ich bei mir gedacht, dass sie wirklich Glück haben.«

Der Aufzug ist gekommen, und Louise hat Adam am Kragen gepackt. Sie hat ihn in die Kabine geschleift, Mila ist ihnen trällernd gefolgt. Madame Grinberg hat gezögert, mit ihnen einzusteigen. Ein paar Sekunden lang hat sie sich gefragt, ob sie nicht so tun sollte, als wolle sie ins Foyer zurückgehen, um in ihren Briefkasten zu sehen. Louises fahle Miene war ihr unbehaglich. Sie fürchtete, dass ihr die Fahrt im Aufzug endlos vorkommen würde. Louise hat der Nachbarin die Tür aufgehalten, doch Madame Grinberg lehnte sich an die Wand, ihre Einkaufstasche zwischen den Beinen.

»Schien sie betrunken zu sein?«

Madame Grinberg ist sich ganz sicher. Louise wirkte normal. Sie hätte sie niemals mit den Kindern hochfahren lassen, wenn sie nur einen Moment gedacht hätte ... Die Anwältin mit den fettigen Haaren macht sie lächerlich. Sie erinnert das Gericht daran, dass Rose unter Schwindelanfällen leidet und Probleme mit den Augen hat. Die ehemalige Musiklehrerin, die bald ihren 65. Geburtstag feiert, sieht kaum noch etwas. Im Übrigen lebt sie im Dunkeln, die alte Maulwürfin. Von ungedämpftem Licht bekommt sie furchtbare Migräne. Das ist der Grund, weshalb Rose die Fensterläden geschlossen hat. Weshalb sie nichts gehört hat.

Diese Anwältin, die hätte sie beinahe vor der ganzen Versammlung beschimpft. Allzu gerne hätte sie sie zum Schweigen gebracht, ihr den Kiefer gebrochen. Schämte sie sich denn nicht? Hatte sie keinerlei Anstand im Leib? Von Beginn des Prozesses an hat die Anwältin Myriam als eine »abwesende Mutter« bezeichnet, die ihre »Angestellte ausnutzte«. Sie hat sie als eine vor Ehrgeiz blinde Frau beschrieben, die in ihrem Egoismus und ihrer Gleichgültigkeit die arme Louise an den Rand getrieben hatte. Ein Journalist, der neben ihr auf der Bank saß, hat Madame Grinberg erklärt, dass es sinnlos sei, sich aufzuregen, und dass dies nur eine »Verteidigungstaktik« sei. Aber Rose fand es einfach widerwärtig, Punkt aus.

Im Haus spricht niemand darüber, aber Madame Grinberg weiß, dass alle daran denken. Dass nachts in jeder Etage Augen in die Dunkelheit starren. Dass Herzen pochen und Tränen fließen. Sie weiß, dass die Bewohner sich schlaflos wälzen und zusammenkrümmen. Das Paar aus dem dritten Stock ist ausgezogen. Die Massés sind natürlich nie wieder hergekommen. Rose ist geblieben, trotz der Gespenster und der unauslöschlichen Erinnerung an diesen Schrei.

An jenem Tag, nach ihrem Mittagsschlaf, hat sie die Fensterläden geöffnet. Und da hat sie ihn gehört. Die meisten

Menschen leben, ohne je solche Schreie gehört zu haben. Schreie, wie man sie im Krieg ausstößt, in den Schützengräben, in anderen Welten, auf anderen Kontinenten. Das sind keine Schreie von hier. Er hat mindestens zehn Minuten angehalten, dieser Schrei, in einem fort, ohne Atempause und ohne Worte. Dieser Schrei, der heiser wurde, sich mit Blut füllte, mit Rotz und Raserei. »Ein Arzt«, war alles, was sie schließlich hervorbrachte. Sie hat nicht den Notruf gewählt, hat nicht »Zu Hilfe« gerufen, aber in den wenigen Momenten, in denen sie wieder zu Bewusstsein kam, wiederholte sie »Ein Arzt«.

Einen Monat vor dem Drama hatte Madame Grinberg Louise auf der Straße getroffen. Die Nanny machte einen besorgten Eindruck und begann schließlich über ihre Geldprobleme zu reden. Über ihren Vermieter, der sie bedrängte, die Schulden, die sie angehäuft hatte, ihr stets überzogenes Konto. Sie hatte geredet wie ein Ballon, aus dem die Luft entweicht, immer schneller und schneller.

Madame Grinberg hatte so getan, als verstehe sie nicht. Sie hatte den Kopf gesenkt, hatte gesagt »Die Zeiten sind für alle hart«. Und dann hatte Louise ihren Arm gepackt. »Ich bettle nicht. Ich kann arbeiten, abends oder früh am Morgen. Wenn die Kinder schlafen. Ich kann putzen, bügeln, alles, was Sie wollen.« Wenn sie ihr Handgelenk nicht so fest gepackt hätte, wenn ihr finsterer Blick sie nicht wie eine Beschimpfung oder eine Drohung durchbohrt hätte, dann hätte Rose Grinberg sich vielleicht darauf eingelassen. Und egal, was die Polizisten sagen mögen, sie hätte alles ändern können.

Das Flugzeug hatte ziemlich Verspätung, und sie landen in Paris am frühen Abend. Louise verabschiedet sich feierlich von den Kindern. Sie umarmt sie lange, drückt sie fest an sich. »Bis Montag, ja, bis Montag. Rufen Sie mich an, wenn Sie irgendetwas brauchen«, sagt sie zu Myriam und Paul, die in den Aufzug zum Parkhaus springen.

Louise geht zur Station des RER. Der Zug ist menschenleer. Sie setzt sich an ein Fenster und verflucht die Landschaft, die Bahnsteige, auf denen Gruppen Jugendlicher herumhängen, die kahlen Häuser, die Balkone, die feindseligen Visagen der Sicherheitsbeamten. Sie schließt die Augen und ruft Erinnerungen an griechische Strände wach, an Sonnenuntergänge und Abendessen am Meer. Sie beschwört diese Erinnerungen herauf, wie Mystiker ein Wunder herbeirufen. Als sie die Tür ihres Appartements öffnet, beginnen ihre Hände zu zittern. Sie möchte den Sofaüberzug zerreißen, die Scheibe mit der Faust einschlagen. Ein formloses Magma, ein Schmerz versengen ihr die Eingeweide, und sie kann sich nur mit Mühe davor zurückhalten, laut loszuschreien.

Am Samstag bleibt sie bis um zehn im Bett. Die Hände über der Brust gefaltet, liegt Louise auf dem Sofa und betrachtet den Staub, der sich auf der grünen Hängelampe angesammelt hat. Sie hätte niemals etwas so Hässliches ausgesucht. Sie hat das Appartement möbliert gemietet und nichts an der Einrichtung verändert. Es galt eine Unterkunft zu finden, nachdem Jacques, ihr Ehemann, gestorben war und man sie aus dem Haus geworfen hatte. Nach Wochen des Umherirrens brauchte sie ein Nest. Diese Einzimmerwohnung in Créteil hatte sie dank einer Krankenschwester des Hôpital Henri-Mondor gefunden, die sie ins Herz geschlossen hatte. Die junge Frau hatte ihr versichert, dass der Eigentümer keine großen Garantien verlangte und Barzahlung akzeptierte.

Louise steht auf. Sie schiebt einen Stuhl genau unter die Lampe und nimmt sich einen Lappen. Sie beginnt den Schirm abzureiben und packt ihn so energisch, dass sie ihn beinahe von der Decke reißt. Auf die Zehenspitzen gereckt, schüttelt sie den Staub ab, der ihr in großen grauen Flocken auf die Haare rieselt. Um elf Uhr hat sie alles geputzt. Sie hat die Scheiben von außen und von innen poliert und sogar die Fensterläden mit einem seifigen Schwamm abgewischt. Ihre Schuhe stehen in einer Reihe an der Wand, glänzend und lächerlich.

Vielleicht werden sie sie anrufen. Samstags, das weiß sie, essen sie manchmal im Restaurant. Mila hat es ihr erzählt. Sie gehen in eine Brasserie, in der die Kleine bestellen darf, was sie möchte, und in der Adam, unter den gerührten Blicken seiner Eltern, von einer Löffelspitze ein winziges bisschen Senf oder Zitrone probiert. Louise würde das lieben. In einer brechend vollen Brasserie, umgeben vom Geräusch der Teller, die aneinanderstoßen, und den Rufen der Kellner, hätte sie weniger Angst vor der Stille. Sie würde sich zwischen Mila und ihren Bruder setzen und die große weiße Serviette auf den Knien des Mädchens zurechtzupfen. Sie würde Adam füttern, Löffel für Löffel. Sie würde Pauls und Myriams Gespräch zuhören, die Zeit würde viel zu schnell vergehen, sie würde sich wohlfühlen.

Sie hat ihr blaues Kleid angezogen, das knöchellange, das vorne mit einer Reihe kleiner blauer Perlen geschlossen wird. Sie wollte bereit sein, falls sie sie brauchen sollten. Falls sie sie bitten sollten, schnell irgendwo hinzukommen, und dabei ganz sicher vergessen würden, wie weit entfernt sie wohnt und wie lange sie jeden Tag braucht, um wieder zu ihnen zu fahren. Sie sitzt in ihrer Küche und trommelt mit den Nägeln auf den Resopaltisch.

Die Mittagszeit verstreicht. Die Wolken sind vor die sauberen Scheiben geglitten, der Himmel hat sich verdüstert. Der Wind ist in die Platanen gefahren, und es fängt an zu regnen. Louise ist unruhig. Sie rufen nicht an.

Es ist zu spät, um auszugehen. Sie könnte Brot kaufen oder einfach ein bisschen Luft schnappen. Sie könnte einfach spazieren gehen. Aber sie hat nichts zu schaffen in diesen verlassenen Straßen. Das einzige Café des Viertels ist eine Säuferhöhle, und um drei Uhr nachmittags kann man dort schon die ersten Männer über dem Zaun des öden Gartens hängen sehen. Sie hätte sich vorher entscheiden sollen, hätte in die Metro springen und ziellos durch Paris laufen sollen, inmitten der Leute, die die letzten Einkäufe für den Schulanfang tätigen. Sie wäre in der Menge untergetaucht und vor den Kaufhäusern schönen Frauen gefolgt, die es eilig hatten. Sie wäre um die Madeleine-Kirche geschlendert, hätte die kleinen Tische gestreift, an denen Leute Kaffee tranken, und zu den Passanten, die sie anrempelten, »Entschuldigung« gesagt.

In ihren Augen ist Paris ein gigantisches Schaufenster. Am liebsten spaziert sie durch das Opéra-Viertel, die Rue Royale hinunter und die Rue Saint-Honoré entlang. Sie geht langsam, sieht sich die Menschen und die Schaufenster genau an. Sie will alles. Die Wildlederstiefel, die Lammfelljacken, die Schlangenledertaschen, die Wickelkleider, die spitzenbesetzten Unterhemden. Sie will die Seidenblusen, die rosa Kaschmircardigans, die nahtlosen Strumpfhosen, die Jacken im Uniform-Stil. Sie malt sich ein Leben aus, in dem sie sich alles leisten könnte. In dem sie vor einer stinkfreundlichen Verkäuferin mit dem Finger auf sämtliche Artikel zeigen würde, die ihr gefielen.

Der Sonntag kommt mit derselben Langeweile und Beklemmung. Düster und schwer lastet der Tag auf ihr. Sie ist in ihrem blauen Kleid eingeschlafen, dessen vollkommen zerknitterter Synthetikstoff sie schwitzen ließ. Mehrmals in der Nacht hat sie die Augen geöffnet, ohne zu wissen, ob eine Stunde vergangen war oder ein Monat. Ob sie bei Myriam und Paul schlief oder neben Jacques in dem Haus in Bobigny. Sie schloss die Augen wieder und versank erneut in einen wüsten und konfusen Schlaf.

Louise kann Wochenenden wirklich nicht ausstehen. Als sie noch zusammenlebten, beklagte Stéphanie sich, dass sie sonntags nie etwas unternahmen, dass sie kein Recht auf all die Aktivitäten hatte, die Louise für die anderen Kinder organisierte. Sobald sie konnte, ist Stéphanie aus dem Haus geflohen. Freitags war sie die ganze Nacht mit Jugendlichen aus dem Viertel unterwegs. Sie kam morgens zurück, mit bleichem Gesicht und tiefen Schatten unter den geröteten Augen. Hungrig. Mit gesenktem Kopf durchquerte sie das kleine Wohnzimmer und machte sich über den Kühlschrank her. Ohne sich hinzusetzen aß sie, an die Kühlschranktür gelehnt, mit den Fingern aus den Schüsseln, die Louise für Jacques' Mittagessen vorbereitet hatte. Einmal hatte sie sich die Haare rot gefärbt. Sie hatte sich ein Nasenpiercing stechen lassen. Sie begann ganze Wochenenden lang zu verschwinden. Und dann, eines Tages, ist sie nicht mehr wiedergekommen. Nichts hielt sie in dem Haus in Bobigny. Weder das Gymnasium, das sie längst verlassen hatte. Noch Louise.

Ihre Mutter hat ihr Verschwinden natürlich angezeigt. »In diesem Alter reißen sie gerne mal aus. Warten Sie ein Weilchen, und sie wird zurückkommen.« Mehr hat man ihr nicht gesagt. Sie hat sie nicht gesucht. Später hat sie von Nachbarn erfahren, dass Stéphanie in Südfrankreich war, dass sie verliebt war. Dass sie sich sehr anstrengte. Die Nachbarn konnten es nicht fassen, dass Louise nicht nachgefragt hat, keine Einzelheiten wissen wollte, dass sie sie die mageren Informationen, über die sie verfügten, nicht ein ums andere Mal wiederholen ließ.

Stéphanie war verschwunden. Ihr ganzes Leben lang hatte sie das Gefühl gehabt, im Weg zu sein. Ihre Anwesenheit störte Jacques, ihr Lachen weckte die Kinder, die Louise hütete. Ihre dicken Schenkel, ihre massige Gestalt quetschten sich in dem engen Flur an die Wand, um die anderen vorbeizulassen. Sie befürchtete, den Durchgang zu versperren, weggeschubst zu werden, einen Stuhl zu besetzen, den jemand anders benutzen wollte. Wenn sie sprach, drückte sie sich schlecht aus. Sie lachte, und man nahm es ihr übel, wie unschuldig ihr Lachen auch gewesen sein mochte. Schließlich hatte sie die Gabe entwickelt, sich unsichtbar zu machen, und war folgerichtig ohne viel Aufhebens, ohne Vorwarnung, als wäre es ihre natürliche Bestimmung, verschwunden.

Montag früh verlässt Louise ihre Wohnung vor Tagesanbruch. Sie geht zur RER-Station, steigt an der Haltestelle Auber um, wartet auf dem Bahnsteig, läuft die Rue Lafayette hoch, biegt dann in die Rue d'Hauteville ein. Louise ist ein Soldat. Sie geht voran, koste es, was es wolle, wie ein Tier, wie ein Hund, dem garstige Kinder die Tatzen gebrochen haben.

Der September ist warm und sonnig. Mittwochnachmittags, wenn der Kindergarten geschlossen ist, reißt Louise Mila und Adam aus ihrer Stubenhockerlaune und geht mit ihnen zum Spielen in den Park oder ins Aquarium, Fische anschauen. Bei einer Kahnfahrt auf dem See im Bois de Boulogne hat Louise Mila erzählt, dass die Algen, die auf der Oberfläche treiben, in Wahrheit die Haare einer entmachteten und rachsüchtigen Hexe seien. Am Ende des Monats ist es so mild, dass Louise fröhlich beschließt, mit den Kindern in den Vergnügungspark Jardin de l'Acclimatation zu gehen.

An der Metrostation bietet ein alter Maghrebiner Louise an, ihr die Treppen hinunterzuhelfen. Sie dankt ihm und hebt den Buggy mitsamt Adam darin hoch. Der alte Mann folgt ihr. Er fragt sie, wie alt ihre Kinder sind. Sie will ihm gerade sagen, dass es nicht ihre sind. Aber er hat sich schon zu ihnen heruntergebeugt. »Sie sind sehr hübsch.«

Für die Kinder ist die Metro das Größte. Wenn Louise sie nicht zurückhielte, würden sie auf dem Bahnsteig herumrennen, sich in den Waggon stürzen und den anderen Fahrgästen dabei auf die Füße treten, nur um sich dann mit hängender Zunge und weit aufgerissenen Augen dicht ans Fenster zu setzen. Adam macht seiner Schwester alles nach, die sich an der Stange festhält und so tut, als würde sie den Zug lenken.

Im Park rennt die Nanny mit ihnen herum. Sie lachen, sie verwöhnt sie, kauft ihnen Eis und Ballons. Sie fotografiert sie auf einem Teppich grellgelben oder blutroten Laubs. Mila fragt, warum manche Bäume diese leuchtende, goldene Färbung angenommen haben, während andere von derselben Sorte, daneben oder gegenüber, direkt von Grün zu Braun übergehen und zu verfaulen scheinen. Louise kann es sich nicht erklären. »Wir fragen deine Mama«, sagt sie.

In der Achterbahn schreien sie vor Angst und Vergnügen. Louise wird schwindlig, sie hält Adam auf ihren Knien gut fest, wenn der Zug in einen finsteren Tunnel rauscht oder mit rasender Geschwindigkeit in die Tiefe saust. Am Himmel schwebt ein Ballon davon. Micky ist zum Raumschiff geworden.

Sie setzen sich zum Picknicken ins Gras, und Mila macht sich über Louise lustig, die Angst vor den großen Pfauen ganz in ihrer Nähe hat. Die Nanny hat eine alte Wolldecke mitgenommen, die Myriam zusammengerollt unter ihr Bett gestopft hatte und die Louise gesäubert und geflickt hat. Sie schlafen alle drei auf dem Rasen ein. Als Louise aufwacht, hat sich Adam eng an sie geschmiegt. Ihr ist kalt, die Kinder müssen die Decke weggezogen haben. Sie sieht sich um, Mila ist nicht da. Sie ruft nach ihr. Sie beginnt zu schreien. Die Leute drehen sich nach ihr um. Man fragt sie: »Ist alles in Ordnung, Madame? Brauchen Sie Hilfe?« Sie antwortet nicht. »Mila, Mila«, schreit sie und rennt, mit Adam auf dem Arm, weiter. Sie sucht bei den Karussells, läuft zur

Schießbude. Tränen steigen ihr in die Augen, sie möchte die Passanten schütteln, Unbekannte beiseiteschubsen, die sich dort drängen und ihre Kinder fest an der Hand halten. Sie geht zurück zum Streichelzoo. Ihr Kinn zittert so sehr, dass sie nicht einmal mehr nach dem Mädchen rufen kann. Ihr Schädel schmerzt entsetzlich, und sie merkt, wie ihre Knie langsam nachgeben. Gleich wird sie hinfallen, unfähig, etwas zu tun, stumm, ganz und gar hilflos.

Dann sieht sie sie. Am Ende einer Allee. Mila isst ein Eis auf einer Bank, neben ihr eine Frau, die sich zu ihr beugt. Louise stürzt sich auf das Kind. »Mila! Bist du denn vollkommen verrückt geworden? Was ist in dich gefahren, einfach so wegzulaufen?« Die fremde Frau, eine ältere Dame um die sechzig, drückt die Kleine an sich. »Das ist unerhört. Was haben Sie gemacht? Wie konnten Sie sie ganz alleine lassen? Ich könnte die Kleine nach der Nummer ihrer Eltern fragen. Ich weiß nicht, ob ihnen das gefallen würde.«

Aber Mila windet sich aus der Umarmung der Unbekannten. Sie stößt sie weg und schaut sie böse an, bevor sie sich an Louises Beine wirft. Die Nounou beugt sich herunter und hebt sie hoch. Louise küsst ihren eiskalten Hals, sie streichelt ihr übers Haar. Sie sieht in das blasse Gesicht des Kindes und entschuldigt sich für ihre Nachlässigkeit. »Meine Kleine, mein Engel, mein Kätzchen.« Sie herzt sie, bedeckt sie mit Küssen, drückt sie an ihre Brust.

Als sie sieht, wie sich das Kind in die Arme der kleinen blonden Frau schmiegt, beruhigt sich die Alte. Sie weiß nicht mehr, was sie sagen soll. Sie betrachtet sie mit vorwurfsvollem Kopfschütteln. Offenbar hatte sie gehofft, für etwas Aufregung zu sorgen. Das wäre unterhaltsam gewesen. Sie hätte was zu erzählen gehabt, wenn das Kindermädchen wütend geworden wäre, wenn man die Eltern hätte anrufen müssen, wenn Drohungen ausgesprochen und dann in die Tat umgesetzt worden wären. Schließlich erhebt sich die Frau von der Bank und geht mit den Worten: »Nun gut, das nächste Mal passen Sie besser auf.«

Louise sieht die Alte weggehen, die sich noch zwei oder drei Mal umdreht. Sie lächelt ihr dankbar zu. Je weiter sich die leicht gebeugte Gestalt entfernt, desto fester drückt Louise Mila an sich. Sie quetscht den Brustkorb des kleinen Mädchens, das bettelt: »Hör auf, Louise, du erdrückst mich.« Die Kleine versucht sich aus der Umklammerung zu befreien, sie zappelt, tritt mit den Füßen, aber die Nounou hält sie fest. Sie bringt ihre Lippen dicht an Milas Ohr und sagt mit ruhiger, eisiger Stimme: »Lauf nie wieder weg, hörst du. Willst du, dass dich jemand klaut? Ein böser Mann? Das ist es, was das nächste Mal passieren wird. Dann kannst du schreien und weinen, so viel du willst, niemand wird kommen. Weißt du, was er mit dir machen wird? Nein? Du weißt es nicht? Er wird dich mitnehmen, dich verstecken, dich für sich ganz allein behalten, und du wirst deine Eltern nie mehr wiedersehen.« Louise will das Mädchen gerade wieder absetzen, da spürt sie einen heftigen Schmerz in der Schulter. Sie schreit und versucht das Kind wegzustoßen, dessen Zähne sich tief in ihr Fleisch graben. Mila beißt sie bis aufs Blut und klammert sich dabei an Louises Arm wie ein verrückt gewordenes Tier.

An diesem Abend erzählt sie Myriam weder von Milas Flucht noch von dem Biss. Auch Mila sagt nichts, ohne dass die Nounou es ihr aufgetragen oder ihr gedroht hätte. Jetzt haben Louise und Mila beide etwas gegen die andere in der Hand. Sie haben sich noch nie so verbunden gefühlt wie durch dieses Geheimnis.

Jacques

Jacques verbot ihr nur zu gerne den Mund. Er ertrug ihre Stimme nicht, die ihm an den Nerven zerrte. »Halt die Klappe, ja?« Im Wagen konnte sie einfach nicht anders, als zu schwatzen. Sie hatte Angst vorm Autofahren, und Reden beruhigte sie. Sie plapperte sinnlos vor sich hin, holte kaum Luft zwischen den Sätzen. Sie schnatterte die Straßennamen herunter, breitete die Erinnerungen aus, die sie daran knüpfte.

Sie spürte genau, dass ihr Mann kurz davor war, zu explodieren. Sie wusste, dass er das Radio lauter drehte, um sie zum Schweigen zu bringen. Dass er das Fenster öffnete und summend zu rauchen begann, um sie zu demütigen. Der Zorn ihres Ehemanns machte ihr Angst, aber sie musste sich eingestehen, dass er sie manchmal auch erregte. Lustvoll reizte sie ihn bis aufs Blut, brachte ihn so sehr in Rage, dass er imstande war, am Straßenrand zu halten, sie am Kragen zu packen und mit leiser Stimme zu drohen, er werde ihr für immer das Maul stopfen.

Jacques war plump, laut. Mit den Jahren wurde er verbittert und selbstgefällig. Abends, wenn er von der Arbeit heimkam, ließ er sich mindestens eine Stunde lang über seinen Groll gegen diesen oder jenen aus. Wenn man ihm

Glauben schenkte, versuchte alle Welt, ihn zu bestehlen, zu manipulieren, auszunutzen. Nach der ersten Kündigung brachte er seinen Arbeitgeber vor den Arbeitsschiedsausschuss. Das Verfahren hatte ihn Zeit und enorm viel Geld gekostet, aber der siegreiche Ausgang verschaffte ihm ein solches Machtgefühl, dass er Geschmack an Streitfällen und Gerichten fand. Später glaubte er, reich werden zu können, indem er nach einem banalen Verkehrsunfall seine Versicherung verklagte. Dann hatte er die Nachbarn, das Bürgermeisteramt und die Hausverwaltung aufs Korn genommen. Seine Tage verbrachte er ausschließlich mit dem Verfassen unlesbarer, drohender Briefe. Er durchforstete sämtliche Internetseiten zu juristischen Themen auf der Suche nach dem kleinsten Gesetzesartikel, der ihm in die Hände spielen konnte. Jacques war cholerisch und grenzenlos böswillig. Er war neidisch auf den Erfolg anderer, sprach ihnen jegliches Verdienst ab. Manchmal verbrachte er den Nachmittag beim Handelsgericht, nur um sich am Elend der Verlierer zu weiden. Er genoss die erlittenen Pleiten, die Schicksalsschläge.

»Ich bin nicht wie du«, sagte er stolz zu Louise. »Ich bin nicht so eine Kriecherseele, die die Scheiße und die Kotze der Gören aufwischt. So eine Arbeit können nur noch Negerinnen machen.« Er fand seine Frau übertrieben fügsam. Und wenn ihn das auch nachts im ehelichen Bett erregte, so machte es ihn in der übrigen Zeit rasend. Er gab Louise ununterbrochen Ratschläge, die sie zu beachten vorgab. »Sag ihnen einfach mal, dass sie dir das erstatten sollen«, »Du solltest nicht eine Minute mehr arbeiten, als sie dir bezahlen«, »Nun lass dich doch mal krankschreiben, was können sie schon groß machen?«.

Jacques war zu beschäftigt, um eine Anstellung zu suchen. Seine Scherereien nahmen seine gesamte Zeit in Anspruch. Er verließ die Wohnung kaum, breitete seine Akten auf dem Couchtisch aus, während immerzu der Fernseher lief. Zu jener Zeit konnte er die Kinder immer weniger ertragen, und er befahl Louise, sie in den Wohnungen ihrer Arbeitgeber zu betreuen. Das Husten der Kleinen, das Wimmern, selbst ihr Lachen gingen ihm auf die Nerven. Doch vor allem widerte Louise ihn an. Ihre erbärmlichen Belange, die alle nur um die Gören kreisten, trieben ihn zur Weißglut. »Du und deine Weiberangelegenheiten«, sagte er immer wieder. Er dachte, dass diese Geschichten es nicht wert seien, erzählt zu werden. Sie müssten abgeschirmt von der Welt stattfinden, man sollte nichts mitbekommen von diesem Baby- oder Greisenkram. Das waren elende Jahre, Zeiten der Abhängigkeit und endlosen Wiederholung derselben Gesten. Zeiten, in denen der Körper, monströs, schamlos, ein kalter und stinkender Mechanismus, alles einnahm. Bloße Körper, die nach Liebe und etwas zu trinken verlangten. »Das verdirbt einem die Lust am Menschsein.«

Zu jener Zeit kaufte er auf Kredit einen Computer, einen neuen Fernseher und einen Stuhl mit elektronischer Massagefunktion und zum Schlafen herunterfahrbarer Lehne. Stunden vor dem bläulichen Bildschirm seines Computers, dessen asthmatisches Schnurren den Raum erfüllte. In seinem neuen Sessel vor seinem funkelnagelneuen Fernseher drückte er wie besessen auf den Knöpfen der Fernbedienung herum, wie ein von zu viel Spielzeug verblödetes Kind.

Es war sicher an einem Samstag, denn sie aßen zusammen zu Mittag. Jacques meckerte, wie immer, aber etwas weniger heftig als sonst. Unter den Tisch hatte Louise eine Schüssel voll eiskalten Wassers gestellt, in die Jacques seine Füße eingetaucht hatte. In ihren Albträumen sieht Louise bis heute seine violetten Beine vor sich, seine geschwollenen, krankhaften Diabetikerfesseln, die sie ihm ständig massieren sollte. Seit einigen Tagen schon hatte Louise seinen wächsernen Teint bemerkt, die stumpfen Augen. Ihr war aufgefallen, dass er kaum einen Satz zu Ende brachte, ohne Atem zu holen. Sie hatte ein Ossobuco vorbereitet. Beim dritten Happen, als er gerade etwas sagen wollte, hat Jacques alles in seinen Teller erbrochen. Er hat im Strahl gespuckt, wie ein Neugeborenes, und Louise hat gewusst, dass es ernst war. Dass das nicht einfach so weggehen würde. Sie ist aufgestanden, und als sie Jacques' hilfloses Gesicht sah, hat sie gesagt: »Ist schon gut. Das ist nichts Ernstes.« Sie hat ununterbrochen geredet, hat sich vorgeworfen, sie hätte zu viel Wein in die Soße gegeben, die zu sauer sei, hat sinnlose Theorien über Sodbrennen abgespult. Sie redete und redete, gab Ratschläge, machte sich Vorwürfe und bat dann um Verzeihung. Ihr zitternder, zusammenhangloser Redeschwall vergrößerte nur die Angst, die Jacques ergriffen hatte, diese Angst, wenn man sich in seinem Körper fühlt, als stünde man ganz oben auf einer langen Treppe, von der man eine Stufe verfehlt, und sich dann Kopf voraus herunterpurzeln sieht, mit gebrochenem Rückgrat und blutenden Wunden. Wenn sie einen Moment still gewesen wäre, hätte er vielleicht geweint, hätte um Hilfe gebeten oder sogar um etwas Zuneigung. Aber sie redete, während sie den Teller wegräumte, das Tischtuch abnahm, den Boden säuberte, ohne Unterlass.

Drei Monate später ist Jacques gestorben. Er ist ausgetrocknet wie eine Frucht, die man in der Sonne vergisst. Am Tag seiner Beerdigung schneite es, und das Licht war beinahe blau. Louise stand wieder alleine da.

Sie hat gegenüber dem Notar genickt, der ihr zerknirscht erklärte, dass Jacques nur Schulden hinterließ. Sie hat auf den vom Hemdkragen eingeschnürten Kropf gestarrt und so getan, als würde sie sich damit abfinden. Von Jacques hat sie nur abgewiesene Klagen, anhängige Prozesse und offene Rechnungen geerbt. Die Bank hat ihr einen Monat zugestanden, um das kleine Haus in Bobigny zu räumen, das gepfändet wurde. Louise hat allein die Kartons gepackt. Sorgfältig hat sie die paar Sachen aufgeräumt, die Stéphanie dagelassen hatte. Sie wusste nicht, was sie mit den Stapeln von Dokumenten machen sollte, die Jacques angehäuft hatte. Sie hat überlegt, sie in ihrem kleinen Garten zu verbrennen, und gedacht, dass das Feuer mit ein bisschen Glück vielleicht an den Mauern des Hauses hochzüngeln würde, an denen der Straße, ja des gesamten Viertels. So würde dieser ganze Abschnitt ihres Lebens in Rauch aufgehen. Sie empfände keinerlei Bedauern. Sie würde dableiben, reglos und unauffällig, um zuzusehen, wie die Flammen alles verschlangen, ihre Erinnerungen, ihre langen Wanderungen durch die düsteren und verlassenen Straßen, ihre freudlosen Sonntage zwischen Jacques und Stéphanie.

Aber Louise hat ihren Koffer hochgenommen, hat die Tür zweimal abgeschlossen und ist gegangen. In der Diele des kleinen Hauses hat sie die Kartons mit Erinnerungen, die Kleidung ihrer Tochter und die Winkelzüge ihres Mannes zurückgelassen.

In jener Nacht hat sie in einem Hotelzimmer geschlafen,

das sie für eine Woche im Voraus bezahlt hat. Sie machte sich Sandwiches und aß sie vor dem Fernseher. Sie naschte Feigenkekse, die sie langsam auf der Zunge zergehen ließ. Die Einsamkeit hat sich aufgetan wie ein klaffender Riss, in dem Louise sich versinken sah. Die Einsamkeit, die an ihrem Körper, an ihren Kleidern haftete, fing an, ihre Züge zu modellieren und ihr die Gesten eines alten Mütterchens zu verleihen. Die Einsamkeit sprang ihr in der Abenddämmerung ins Gesicht, wenn die Nacht hereinbricht und aus den Häusern, in denen man gemeinsam wohnt, Geräusche erklingen. Das Licht schwindet, und das Gemurmel erhebt sich; Lachen, Keuchen, selbst gelangweiltes Seufzen.

In diesem Zimmer in einer Straße des Chinesenviertels kam ihr jegliches Zeitgefühl abhanden. Sie war verloren, verängstigt. Die ganze Welt hatte sie vergessen. Sie schlief stundenlang und erwachte mit geschwollenen Augen und schmerzendem Kopf, trotz der Kälte, die im Raum herrschte. Sie ging nur hinaus, wenn es unbedingt nötig war, wenn der Hunger sie zu sehr plagte. Dann lief sie durch die Straßen wie durch eine Filmkulisse, in der sie gar nicht anwesend war, unsichtbare Zuschauerin des menschlichen Treibens. Jedermann schien irgendein Ziel zu haben.

Die Einsamkeit wirkte wie eine Droge, von der sie nicht sicher war, ob sie ohne sie auskommen wollte. Louise irrte durch die Straßen, sprachlos, die Augen so sehr aufgerissen, dass es wehtat. In ihrer Einsamkeit begann sie, die Leute zu sehen. Sie wirklich zu sehen. Die Existenz der anderen wurde greifbar, durchdringend, so real wie nie zuvor. Sie beobachtete bis ins kleinste Detail die Gesten der Paare, die draußen vor den Cafés saßen. Die schrägen Blicke verwahrloster Alter. Die Koketterie von Studentinnen, die auf Banklehnen saßen und so taten, als würden sie für die Uni lernen. Auf Plätzen und an Metroausgängen erkannte sie die eigenartige Parade der ungeduldig Wartenden. Sie harrte mit ihnen aus, bis ihre Verabredung endlich kam. Jeden Tag traf sie Schicksalsgenossen, Schwachsinnige, Clochards, Leute, die Selbstgespräche führten.

Die Stadt war in dieser Zeit von Verrückten bevölkert.

Der Winter kommt, die Tage gleichen einander. Der November ist regnerisch und eisig. Draußen sind die Bürgersteige spiegelglatt. Man kann unmöglich vor die Tür gehen. Louise versucht die Kinder abzulenken. Sie denkt sich Spiele aus, singt Lieder. Sie bauen ein Papphaus. Aber der Tag erscheint endlos. Adam hat Fieber und jammert ununterbrochen. Louise hat ihn auf dem Arm, sie wiegt ihn beinahe eine Stunde lang, bis er einschläft. Mila, die im Wohnzimmer herumtigert, wird auch langsam nervös.

»Komm her«, sagt Louise. Das Mädchen gehorcht, und die Nounou holt aus ihrer Handtasche das kleine weiße Kosmetiktäschchen, von dem Mila schon so oft geträumt hat. Mila findet, dass Louise die schönste Frau der Welt ist. Sie ähnelt dieser blonden und sehr herausgeputzten Stewardess, die ihr bei einem Flug nach Nizza Bonbons angeboten hat. Sosehr Louise sich den ganzen Tag abrackert, Geschirr spült und vom Kindergarten nach Hause hetzt, sie ist immer perfekt. Ihre Haare sind sorgfältig zurückgesteckt. Die schwarze Wimperntusche, von der sie mindestens drei dicke Schichten aufträgt, verleiht ihr den Ausdruck einer verblüfften Puppe. Und dann ihre Hände, die so weich sind und nach Blumen duften. Ihre Hände, auf deren Nägeln der Lack niemals abblättert.

Manchmal macht Louise sich die Nägel in Milas Beisein, und die Kleine atmet mit geschlossenen Augen den Geruch des Nagellackentferners und des billigen Lacks ein, den die Nounou mit raschen Gesten und ohne jemals daneben zu pinseln aufträgt. Fasziniert sieht das Kind zu, wie sie mit den Händen in der Luft wedelt und auf ihre Nägel pustet.

Wenn Mila sich von Louise küssen lässt, dann nur, um den Puderduft ihrer Wangen riechen und die Glitzerpünktchen auf ihren Lidern von Nahem betrachten zu können. Sie liebt es, der Nounou dabei zuzusehen, wie sie ihren Lippenstift aufträgt. Mit einer Hand hält sie einen stets blitzsauberen Spiegel vor sich hin, dann spannt sie ihren Mund in einer komischen Grimasse, die Mila anschließend im Badezimmer nachahmt.

Louise kramt in dem Kosmetiktäschchen. Sie nimmt die Hände des kleinen Mädchens und reibt sie mit einer Rosencreme ein, die sie aus einer winzigen Tube drückt. »Das riecht gut, oder?« Unter dem erstaunten Blick des Kindes bestreicht sie seine kleinen Nägel mit Lack. Einem ziemlich ordinären rosa Lack, der sehr stark nach Azeton riecht. Für Mila ist das der Duft der Weiblichkeit.

»Magst du mal deine Strümpfe ausziehen?« Und sie streicht den Lack auf die pummeligen, kindlichen Zehen. Louise leert den Inhalt der Schminktasche auf den Tisch. Oranger Staub und Puderduft breiten sich aus. Mila juchzt vor Begeisterung. Jetzt schminkt Louise sie mit rotem Lippenstift und blauem Lidschatten, auf ihre Wangen tupft sie ein ins Orange gehendes Rouge. Schließlich toupiert sie ihr die glatten und feinen Haare zu einer richtigen Mähne.

Sie lachen so sehr, dass sie nicht hören, wie Paul die

Eingangstür schließt und ins Wohnzimmer kommt. Mila lächelt mit offenem Mund und ausgebreiteten Armen.

»Guck mal, Papa! Guck, was Louise gemacht hat!«

Paul starrt sie an. Eben war er noch so froh, früher nach Hause zu kommen, so glücklich, seine Kinder zu sehen, nun dreht sich ihm der Magen um. Er hat das Gefühl, in eine schmutzige oder krankhafte Szene hineingeplatzt zu sein. Sein kleines Töchterchen sieht aus wie ein Transvestit, eine altmodische, abgehalfterte, heruntergekommene Kabarettsängerin. Er kann es nicht fassen. Er ist wütend, außer sich. Er hasst Louise dafür, dass sie ihm diesen Anblick zumutet. Mila, sein Engel, sein Augenstern, ist so hässlich wie eine Jahrmarktattraktion, so lächerlich wie ein von seinem Frauchen für den Spaziergang ausstaffierter Schoßhund.

»Was soll das denn? Was ist in Sie gefahren?«, schreit Paul. Er packt Mila am Arm und hebt sie auf einen Hocker im Badezimmer. Er wischt ihr die Schminke vom Gesicht. Die Kleine schreit: »Du tust mir weh.« Sie schluchzt, und das Rouge wird davon nur noch klebriger, noch zäher, es verteilt sich über das ganze durchscheinende Gesicht des Kindes. Er hat das Gefühl, sie immer mehr zu entstellen, sie zu beschmutzen, und sein Zorn wächst.

»Louise, ich warne Sie, so etwas möchte ich nie wieder sehen. Ich finde das widerwärtig. Ich habe nicht vor, meine Tochter zu einem derart ordinären Auftreten zu erziehen. Sie ist viel zu klein, um sich aufzutakeln wie eine … Sie wissen schon, was ich meine.«

Louise ist mit Adam auf dem Arm an der Tür zum Badezimmer stehen geblieben. Der Kleine weint nicht, trotz der Aufregung und trotz des Geschreis seines Vaters. Er sieht Paul hart und misstrauisch an, als wolle er ihm sagen, dass er sein Lager gewählt hat: das von Louise. Die Nounou hört Paul zu. Sie schlägt die Augen nicht nieder, sie entschuldigt sich nicht.

Stéphanie könnte tot sein. Daran denkt Louise manchmal. Sie hätte verhindern können, dass ihre Tochter geboren wird. Sie im Keim ersticken können. Keiner hätte es bemerkt. Niemand wäre auf die Idee gekommen, es ihr vorzuwerfen. Wenn sie sie weggemacht hätte, wäre die Gesellschaft ihr heute vielleicht sogar dankbar dafür. Sie hätte Klarsicht und Gemeinsinn bewiesen.

Louise war fünfundzwanzig Jahre, als sie eines Morgens mit schweren, schmerzenden Brüsten aufwachte. Eine neue Traurigkeit hatte sich zwischen sie und die Welt geschoben. Sie merkte genau, dass etwas nicht stimmte. Sie arbeitete damals bei Monsieur Franck, einem Maler, der mit seiner Mutter in einem herrschaftlichen Stadthaus im 14. Arrondissement wohnte. Louise verstand Monsieur Francks Bilder nicht. Im Salon, in den Fluren und Zimmern blieb sie vor den riesigen Porträts deformierter Frauen mit im Schmerz verkrampften oder vor Ekstase paralysierten Körpern stehen, die den Ruhm des Malers begründet hatten. Louise hätte nicht sagen können, ob sie die Bilder schön fand, aber sie mochte sie.

Geneviève, die Mutter des Malers, hatte sich beim Aussteigen aus einem Zug den Oberschenkelknochen gebrochen. Sie konnte nicht mehr laufen und hatte auf dem Bahnsteig den Verstand verloren. Nun lebte sie liegend, meistens nackt, in einem hellen Zimmer im Erdgeschoss des Hauses. Es war kaum möglich, sie anzuziehen, da sie sich so vehement dagegen wehrte, und so begnügte man sich damit, sie auf ein einfaches Laken zu betten, Brüste und Scham für alle sichtbar. Der Anblick dieses preisgegebenen Körpers war entsetzlich.

Monsieur Franck hatte begonnen, ausgebildete und sehr teure Pflegerinnen einzustellen. Doch diese beschwerten sich über die Launen der Alten. Sie betäubten sie mit Medikamenten. Der Sohn fand sie kalt und grob. Er wünschte sich für seine Mutter eine Freundin, eine Amme, eine liebevolle Frau, die ihre Anfälle über sich ergehen lassen würde, ohne zu stöhnen und die Augen zu verdrehen. Sicher, Louise war jung, aber sie hatte ihn mit ihrer physischen Kraft beeindruckt. Am ersten Tag hatte sie das Zimmer betreten und es ganz allein fertiggebracht, diesen Körper anzuheben, der schwer war wie eine Steinplatte. Sie hatte ihn gewaschen und dabei ununterbrochen geredet, und Geneviève hatte ausnahmsweise einmal nicht geschrien.

Louise schlief bei der Alten. Sie wusch sie. Sie hörte sie nachts delirieren. Wie die Neugeborenen fürchtete Geneviève die Dämmerung. Das abnehmende Licht, die Schatten, die Stille ließen sie vor Angst schreien. Sie hatte abendliche Panikattacken. Sie flehte ihre Mutter, die seit vierzig Jahren tot war, an, sie holen zu kommen. Louise, die neben dem Krankenbett schlief, versuchte sie zu beruhigen. Die Alte belegte sie mit wüsten Beschimpfungen, nannte sie eine Hure, eine räudige Hündin, ein Wechselbalg. Manchmal versuchte sie sie zu schlagen.

Dann begann Louise tiefer zu schlafen, als sie es je getan hatte. Genevièves Schreie erreichten sie nicht mehr. Bald war sie nicht mehr in der Lage, die Alte umzudrehen oder in ihren Rollstuhl zu setzen. Ihre Arme waren wie verkümmert, ihr Rücken tat entsetzlich weh. Eines Nachmittags, es war schon dunkel und Geneviève murmelte herzzerreißende Gebete vor sich hin, ist Louise nach oben in Monsieur Francks Atelier gegangen, um ihm die Lage zu erklären. Louise hatte nicht erwartet, dass er so wütend werden würde. Er hat die Tür brutal zugeschlagen, ist ganz nah an Louise herangetreten und hat sie mit seinen grauen Augen durchbohrt. Einen Moment glaubte sie, dass er ihr etwas antun würde. Dann fing er an zu lachen.

»Louise, wenn man, wie Sie, ledig ist und kaum seinen Lebensunterhalt verdient, dann macht man keine Kinder. Um Ihnen ganz offen meine Meinung zu sagen: Ich finde Sie absolut verantwortungslos. Sie kommen hier an mit Ihren Kulleraugen und Ihrem dämlichen Grinsen, um mir das zu sagen. Und, was haben Sie sich jetzt vorgestellt? Dass wir eine Flasche Champagner aufmachen?« Mit hinter dem Rücken verschränkten Händen lief er in dem großen Raum, zwischen den unvollendeten Bildern, auf und ab. »Denken Sie, das ist eine gute Nachricht? Sie haben wirklich nichts im Kopf. Ich sage Ihnen was: Sie haben Glück, dass Sie an einen Arbeitgeber wie mich geraten sind, der bemüht ist, Ihnen aus Ihrer misslichen Lage zu helfen. Ich kenne genug Leute, die Sie ruckzuck vor die Tür setzen würden. Ich vertraue Ihnen meine Mutter an, die Person, die mir auf der Welt am meisten bedeutet, um dann festzustellen, dass Sie vollkommen gedankenlos sind, frei von jeglichem gesunden Menschenverstand. Es ist mir scheißegal, was Sie an

Ihren freien Abenden machen. Ihre losen Sitten gehen mich nichts an. Aber das Leben ist kein Zuckerschlecken. Was wollen Sie denn mit einem Kind anfangen?«

In Wahrheit war es Monsieur Franck gar nicht so egal, was Louise samstagabends machte. Er fing an, ihr Fragen zu stellen, immer aufdringlichere Fragen. Er hatte Lust, sie zu schütteln, sie zu ohrfeigen, damit sie gestand. Damit sie ihm erzählte, was sie trieb, wenn sie nicht da war, unter seinen Augen, an Genevièves Seite. Er wollte wissen, aus welchen Liebkosungen dieses Kind entstanden war, in welchem Bett Louise sich dem Vergnügen, der Wollust, dem Lachen hingegeben hatte. Er fragte sie andauernd, wer der Vater sei, was er für ein Typ sei, wo sie ihn kennengelernt habe und was er vorhabe. Aber Louise antwortete immer nur: »Es ist niemand.«

Monsieur Franck hat alles in die Hand genommen. Er hat gesagt, dass er sie selbst zum Arzt bringen und während des Eingriffs auf sie warten würde. Er hat ihr sogar versprochen, dass er ihr, wenn alles vorbei wäre, einen ordentlichen Vertrag geben würde, dass er ihr Geld auf ein eigenes Konto überweisen würde und sie Anspruch auf bezahlten Urlaub hätte.

Am Tag der ambulanten Operation hat Louise verschlafen und den Termin verpasst. Stéphanie hat sich durchgesetzt, indem sie sich in sie eingrub, sie auseinanderzog, ihre Jugend zerriss. Sie ist aufgekeimt wie ein Pilz auf feuchtem Holz. Louise ist nicht mehr zu Monsieur Franck gegangen. Sie hat die Alte nie wiedergesehen.

Eingesperrt in der Wohnung der Massés, glaubt sie manchmal verrückt zu werden. Seit ein paar Tagen hat sie rote Flecken auf Wangen und Handgelenken. Louise muss ihre Arme und ihr Gesicht unter eiskaltes Wasser halten, um den Juckreiz zu lindern, der sie auffrisst. Ein Gefühl grenzenloser Einsamkeit erdrückt sie in diesen langen Wintertagen. Von Panik befallen, verlässt sie die Wohnung, schließt die Tür hinter sich und nimmt die Kinder mit raus in den kleinen Park.

Die kleinen Parks an Winternachmittagen. Sprühregen treibt die welken Blätter vor sich her. Der eisige Kies klebt an den Knien der Kinder. Auf den Bänken und in den stillen Alleen begegnet man all jenen, von denen die Welt nichts mehr wissen will. Sie fliehen vor beengten Wohnungen, trostlosen Zimmern, von Untätigkeit und Langeweile ausgehöhlten Sesseln. Um 16 Uhr erscheinen die müßigen Tage endlos. Mitten am Nachmittag holt einen dann die Erkenntnis ein, dass man seine Zeit vergeudet hat, man spürt die Angst vor dem kommenden Abend. Zu dieser Stunde schämt man sich, zu nichts nütze zu sein.

An Winternachmittagen werden die kleinen Parks heimgesucht von Streunern, Clochards, Arbeitslosen und Alten, von Kranken, Ziellosen, Abgehängten. Denen, die nichts arbeiten, die nichts produzieren. Denen, die kein Geld verdienen. Im Frühling kommen natürlich die Verliebten wieder, heimliche Paare finden ein Zuhause unter den Linden, in den blühenden Alkoven, Touristen fotografieren die Statuen. Im Winter ist es etwas anderes.

Um die vereiste Rutsche tummeln sich Nannys und ihre Scharen von Kindern. In dicke Daunenanzüge gepackt, die ihre Bewegungen behindern, rennen die kleinen Steppkes herum wie dicke japanische Puppen, mit laufenden Nasen und blau angelaufenen Fingern. Sie staunen über ihre weißen Atemwolken. In den Kinderwagen angeschirrte Babys beobachten ihre älteren Geschwister. Manche schauen vielleicht traurig aus, manche sind ungeduldig. Sicher können sie es kaum erwarten, bald selbst auf dem Holzgerüst herumzuklettern. Es drängt sie, der Wachsamkeit der Frauen zu entwischen, die sie mit sicherer oder harter Hand wieder einfangen, sanft oder gereizt. Frauen mit Kaftanen, im eisigen Winter.

Es gibt auch Mütter, Mütter mit leerem Blick. Oder diejenige, die eine erst kurz zurückliegende Geburt an den Rand der Gesellschaft verbannt und die da auf der Bank das ganze Gewicht ihres noch schlaffen Bauches spürt. Sie trägt schwer an ihrem Körper der Schmerzen und Sekrete, der nach saurer Milch und Blut riecht. Diesem Leib, den sie herumschleppt und dem sie weder Pflege noch Ruhe gönnt. Es gibt die lächelnden, strahlenden Mütter, diese so seltenen Mütter, an denen alle Kinderaugen hängen. Die, die heute Morgen nicht auf Wiedersehen gesagt haben, die die Kleinen nicht in den Armen einer anderen zurückgelassen haben. Die, die ein freier Tag ausnahmsweise an diesen Ort verschlagen hat und die den banalen Winternachmittag im Park mit einer eigentümlichen Begeisterung auskosten.

Es gibt auch Männer, aber eher bei den Bänken in der Grünanlage, während beim Sandkasten, bei den Kindern, die Frauen eine kompakte Mauer bilden, eine unüberwindliche Verteidigung. Man misstraut den herumstromernden Männern, denen, die sich für diese Weiberwelt interessieren. Man verscheucht jene, die den Kindern zulächeln, ihre Pausbacken und kurzen Beinchen betrachten. Die Großmütter beklagen es: »All diese Pädophilen heute. Zu unserer Zeit gab es so was nicht.«

Louise lässt Mila nicht aus den Augen. Die Kleine rennt, von der Rutsche zur Schaukel und wieder zurück. Sie hält niemals inne, um der Kälte keine Chance zu geben. Ihre Handschuhe sind klatschnass, und sie reibt sie an ihrem roten Mantel ab. Adam schläft in seinem Buggy. Louise hat ihn in eine Decke eingewickelt und streichelt sanft die Haut an seinem Nacken, zwischen Pullover und Wollmütze. Eine frostige, metallisch glänzende Sonne lässt sie die Lider zusammenkneifen.

»Möchtest du?«

Eine Frau hat sich breitbeinig neben sie gesetzt. Sie hält ihr eine kleine Schachtel hin, in der mit Honig getränktes Gebäck aneinanderklebt. Louise sieht sie an. Sie ist nicht älter als fünfundzwanzig und lächelt ein wenig ordinär. Ihre langen schwarzen Haare sind schmuddelig und ungekämmt, aber man ahnt, dass sie hübsch aussehen könnte. Auf jeden Fall attraktiv. Sie hat sinnliche Rundungen, ein bisschen Bauch und dicke Schenkel. Sie kaut ihr Gebäck mit offenem Mund und schleckt sich geräuschvoll die honigverschmierten Finger ab.

»Danke.« Louise lehnt mit einer Handbewegung ab.

»Bei uns bietet man Fremden immer etwas zu essen an. Nur hier habe ich Leute alleine essen sehen.« Ein Kind von vielleicht vier Jahren nähert sich der jungen Frau, die ihm ein Stück Gebäck in den Mund stopft. Der Kleine lacht.

»Das ist gut für dich«, sagt sie zu ihm. »Das bleibt aber unser Geheimnis, okay? Wir erzählen es deiner Mutter nicht.«

Der Junge heißt Alphonse, und Mila spielt gerne mit ihm. Louise kommt jeden Tag in die Grünanlage, und jeden Tag lehnt sie die fettigen Süßigkeiten ab, die Wafa ihr anbietet. Sie verbietet Mila, davon zu essen, aber Wafa macht das nichts aus. Die junge Frau ist sehr gesprächig, und während sie auf der Bank sitzen, ihre Pobacken an Louises gedrückt, erzählt sie dieser ihr Leben. Sie redet vor allem von Männern.

Wafa erinnert an eine große Raubkatze, die nicht sehr subtil ist, aber sich zu helfen weiß. Sie hat noch keine Papiere, doch das scheint sie nicht zu beunruhigen. Sie ist dank eines alten Mannes nach Frankreich gekommen, den sie in einem zwielichtigen Hotel in Casablanca massiert hat. Der Mann hing bald an ihren ach so sanften Händen, dann an ihrem Mund und ihrem Po und schließlich ihrem ganzen Körper, den sie ihm, getreu ihrem Instinkt und den Ratschlägen ihrer Mutter, darbot. Der Alte nahm sie mit nach Paris, wo er in einer erbärmlichen Wohnung hauste und Geld vom Staat bekam. »Er hatte Angst, dass ich schwanger werde, und seine Kinder haben ihn gedrängt, mich rauszuschmeißen. Aber der Alte hätte schon gewollt, dass ich bleibe.«

Louise und ihr Schweigen bringen Wafa dazu, zu reden, wie man sich einem Priester oder der Polizei anvertraut. Sie erzählt ihr die Details eines Lebens, das von niemandem je festgehalten werden wird. Nach dem Alten fand sie Unterschlupf bei einer Frau, die sie auf Vermittlungs-Websites für junge Musliminnen ohne Papiere angemeldet hat. Eines Abends hat ein Mann sich mit ihr in einem McDonald's am Stadtrand verabredet. Der Typ fand sie schön. Er hat mit ihr geschäkert. Er hat sogar versucht, sie zu vergewaltigen. Es gelang ihr, ihn zur Vernunft zu bringen. Sie haben über Geld geredet. Youssef war einverstanden, sie für zwanzigtausend Euro zu heiraten. »Das ist nicht teuer für französische Papiere«, hat er erklärt.

Sie hat diese Arbeit gefunden, ein echter Glückstreffer, bei einem amerikanisch-französischen Paar. Sie behandeln sie gut, doch sie sind sehr anspruchsvoll. Sie haben für Wafa hundert Meter von ihrer Wohnung entfernt eine Dachkammer angemietet. »Sie zahlen die Miete, aber dafür kann ich ihnen nie Nein sagen.«

»Ich liebe diesen Bengel«, sagt sie mit zärtlichem Blick auf Alphonse. Louise und Wafa schweigen. Ein eisiger Wind fegt durch den kleinen Park, und sie wissen, dass es bald Zeit ist zu gehen. »Der arme Kleine. Schau doch nur, er kann sich kaum bewegen, so dick habe ich ihn eingepackt. Wenn er sich erkältet, bringt seine Mutter mich um.«

Manchmal hat Wafa Angst, in einem dieser Parks alt zu werden. Ihre Knie auf diesen eisigen alten Bänken knacken zu hören, nicht mal mehr die Kraft zu haben, ein Kind hochzuheben. Alphonse wird erwachsen werden. Er wird nicht mehr an Winternachmittagen auf den Spielplatz gehen. Er wird in die Sonne gehen. Er wird Urlaub machen.

Vielleicht wird er eines Tages sogar in dem Grandhotel ein Zimmer nehmen, in dem sie die Männer massiert hat. Er, den sie großgezogen hat, wird sich auf der gelb und blau gefliesten Terrasse von einer ihrer Schwestern oder einem ihrer Cousins bedienen lassen.

»Siehst du, alles verkehrt sich. Seine Kindheit und mein Alter. Meine Jugend und sein Leben als Mann. Das Schicksal ist verschlagen wie ein Reptil, es sorgt immer dafür, dass wir auf der falschen Seite landen.«

Es regnet. Sie müssen nach Hause gehen.

Für Paul und Myriam vergeht der Winter wie im Flug. Während dieser paar Wochen sehen sie einander kaum. Sie treffen sich in ihrem Bett, wo der eine dem anderen in den Schlaf folgt. Zwischen den Laken schmiegen sie ihre Füße aneinander, küssen sich auf den Hals und lachen, wenn der andere brummt wie ein Tier, das man im Schlaf stört. Sie rufen sich tagsüber an, hinterlassen sich Nachrichten. Myriam schreibt verliebte Post-its, die sie an den Badezimmerspiegel klebt. Paul schickt ihr mitten in der Nacht Videos von seinen Proben.

Das Leben ist zu einer Abfolge von Aufgaben geworden, von Verpflichtungen, die man einhalten, und Verabredungen, die man wahrnehmen muss. Myriam und Paul sind überlastet. Das sagen sie sich gerne immer wieder, als wäre ihre Erschöpfung der Vorbote des Erfolgs. Ihr Leben platzt aus allen Nähten, Schlaf passt kaum hinein, innehalten und sich besinnen gar nicht. Sie hetzen von einem Ort zum anderen, wechseln im Taxi die Schuhe, gehen etwas trinken mit Leuten, die für ihre Karrieren wichtig sind. Zusammen sind sie die Chefs einer gut laufenden Firma mit klaren Zielen, Geldeingängen und Ausgaben.

Überall in der Wohnung findet man die Listen, die

Myriam schreibt – auf eine Papierserviette, einen Klebezettel oder die letzte Seite eines Buches. Sie sucht sie die ganze Zeit. Sie hat Angst, sie wegzuschmeißen, als liefe sie dann Gefahr, inmitten all der anstehenden Pflichten den Faden zu verlieren. Ein paar ganz alte hat sie aufgehoben, und sie liest sie mit umso nostalgischeren Gefühlen, als sie manchmal gar nicht mehr weiß, worauf sich diese rätselhaften Anmerkungen beziehen.

– *Apotheke*
– *Mila die Geschichte von Nils erzählen*
– *Reservierung Griechenland*
– *M. zurückrufen*
– *All meine Notizen noch einmal durchlesen*
– *Noch mal in dieses Schaufenster gucken. Kleid kaufen?*
– *Maupassant wieder lesen*
– *Ihn überraschen?*

Paul ist glücklich. Endlich einmal erscheint ihm sein Dasein auf der Höhe seines Erlebnishungers, seiner unbändigen Energie und Lebenslust. Er, der Junge, der wie ein Wildfang aufgewachsen ist, kann sich nun endlich frei entfalten. In wenigen Monaten hat seine Karriere eine entscheidende Wendung genommen, und zum ersten Mal im Leben tut er exakt das, was ihm gefällt. Er verbringt seine Tage nicht mehr im Dienst der anderen, gehorsam und ohne Mitspracherecht gegenüber kindischen Sängern oder einem hysterischen Produzenten. Vorbei die Zeit, da er auf Bands wartete, die nicht Bescheid sagten, dass sie sechs Stunden Verspätung haben würden. Vergessen die Aufnahmen mit abgetakelten Varietésängern oder solchen, die literweise Alkohol und Dutzende Anläufe brauchten, um einen Ton auf die Reihe zu bekommen. Paul verbringt seine Nächte im Studio, gierig nach Musik, nach neuen Ideen, nach Lachanfällen. Er überlässt nichts dem Zufall, feilt stundenlang am Klang einer Snare oder einem Schlagzeug-Arrangement. »Louise ist doch da!«, sagt er seiner Frau immer wieder, wenn sie sich besorgt über ihre häufigen Abwesenheiten zeigt.

Als Myriam schwanger wurde, war er verrückt vor Freude, aber er kündigte seinen Freunden an, dass sein Leben sich deswegen nicht ändern sollte. Myriam sagte sich, er habe recht, und betrachtete ihren sportlichen, gut aussehenden, unabhängigen Mann mit noch größerer Bewunderung. Er hatte ihr versprochen, darauf zu achten, dass ihr Leben freudvoll bliebe und nicht aufhörte, Überraschungen für sie bereitzuhalten. »Wir werden reisen und den Kleinen unter den Arm klemmen. Du wirst eine große Anwältin werden, ich werde gefeierte Künstler produzieren, und nichts wird sich ändern.« Sie haben lange so getan, als ob, haben gekämpft.

In den Monaten nach Milas Geburt wurde der Alltag zu einem etwas pathetischen Schauspiel. Myriam verbarg ihre Augenringe und ihre Schwermut. Sie hatte Angst sich einzugestehen, dass sie immerzu müde war. Damals begann Paul zu fragen: »Woran denkst du?«, und sie hätte jedes Mal am liebsten losgeheult. Wenn sie Freunde einluden, musste Myriam an sich halten, um sie nicht rauszuwerfen, den Tisch umzuschmeißen, sich in ihr Zimmer einzuschließen. Die Gäste lachten, hoben die Gläser, Paul schenkte ihnen nach. Sie diskutierten, doch Myriam fürchtete um den Schlaf ihrer Tochter. Sie hätte vor Erschöpfung schreien können.

Nach Adams Geburt war es noch schlimmer. In der Nacht, in der sie aus der Entbindungsklinik kamen, war Myriam eingeschlafen, die durchsichtige Wiege an ihrer Seite. Paul lag neben ihr wach. Er fand, in der Wohnung roch es seltsam. Derselbe Geruch wie in den Zoohandlungen an den Seine-Quais, wo sie manchmal am Wochenende mit Mila hingingen. Ein Geruch nach Ausscheidungen und Gefangenschaft, nach auf Streu getrocknetem Pipi. Ihm wurde schlecht davon. Er ist aufgestanden, hat den ganzen Müll heruntergebracht. Er hat das Fenster geöffnet. Dann ist ihm klar geworden, dass es Mila war, die alles, was sie finden konnte, ins Klo geschmissen hatte, das jetzt überlief und diesen fauligen Gestank in der Wohnung verbreitete.

Zu jener Zeit hat Paul sich in der Falle gefühlt, von Zwängen niedergedrückt. Er, dessen Lässigkeit, dröhnendes Lachen und Zuversicht alle immer bewunderten, hat aufgehört zu strahlen. Der große blonde Schlaks, nach dem die Mädchen sich umdrehten, ohne dass er sie bemerkte. Er hat aufgehört, verrückte Ideen zu haben, Wochenendausflüge in die Berge vorzuschlagen oder Spritztouren zum Austernessen ans Meer. Er hat seinem Enthusiasmus einen Dämpfer aufgesetzt. In den Monaten nach Adams Geburt hat er angefangen, die Wohnung zu meiden. Er erfand Verabredungen und trank sein Bier allein, heimlich, in einem weit entfernten Viertel. Seine Freunde hatten auch Kinder bekommen, und die meisten waren aus Paris in die Vororte, die Provinz oder in warme südeuropäische Länder gezogen. Ein paar Monate lang ist Paul kindisch geworden, unverantwortlich, lächerlich. Er hat Geheimnisse gehabt und Ausbruchsphantasien. Allerdings hatte er keinerlei Nachsicht mit sich. Ihm war wohl bewusst, wie banal seine Haltung war. Alles, was er wollte, war, nicht nach Hause zurückkehren, frei sein, noch mehr leben, denn er hatte so wenig gelebt und es zu spät bemerkt. Die Vaterrolle erschien ihm zugleich zu gewichtig und zu trübselig.

Aber nun war er Vater und konnte schlecht sagen, dass er die Kinder doch nicht mehr haben wollte. Sie waren da, geliebt, vergöttert, niemals mehr infrage gestellt, trotzdem hatte sich der Zweifel überall eingeschlichen. Die Kinder, ihr Geruch, ihr Treiben, ihr Verlangen nach ihm, all das rührte ihn zwar unbeschreiblich. Und manchmal wollte er am liebsten mit ihnen Kind sein, sich auf Augenhöhe mit ihnen begeben, in die Kindheit eintauchen. Doch zugleich war etwas in ihm gestorben, und das war nicht nur die Jugend oder die Unbekümmertheit. Er war nicht mehr entbehrlich. Man brauchte ihn, und damit musste er nun klarkommen. Indem er Vater wurde, hatte er Prinzipien und Verantwortung angenommen, genau das, wovon er sich geschworen hatte, dass er es niemals haben würde. Seine Großzügigkeit war nicht mehr bedingungslos. Seine Begeisterungsfähigkeit kühlte ab. Sein Universum schrumpfte.

Jetzt ist Louise da, und Paul verabredet sich wieder mit seiner Frau. An einem Nachmittag hat er ihr eine SMS geschickt. »Place des Petits-Pères.« Sie hat nicht geantwortet, und das fand er wunderbar. Es war irgendwie galant, wie ein verliebtes Schweigen. Er erreichte den Platz ein wenig bang und etwas zu früh, mit pochendem Herzen. »Sie wird schon kommen, sicher wird sie das.« Sie kam, und sie gingen zusammen am Ufer spazieren, so wie sie es früher getan hatten.

Er weiß, wie sehr sie Louise brauchen, aber er erträgt sie nicht mehr. Sie nervt ihn mit ihrem puppenhaften Aussehen, ihr Ohrfeigengesicht macht ihn wahnsinnig. »Sie ist so perfekt, so rücksichtsvoll, dass es mich manchmal anwidert«, hat er Myriam einmal gestanden. Ihm graut vor ihrer Kleinmädchenfigur und ihrer Art, jede Geste der Kinder zu sezieren. Er hält nichts von ihren finsteren Erziehungstheorien und ihren Oma-Methoden. Er spottet über die Fotos, die sie ihnen inzwischen zehn Mal am Tag per Handy schickt und auf denen die Kinder lächelnd ihre Teller hochheben, kommentiert mit den Worten: »Ich habe alles aufgegessen.«

Seit dem Zwischenfall mit der Schminke spricht er so wenig wie möglich mit ihr. An jenem Abend wollte er sie sogar entlassen. Er hat Myriam angerufen, um mit ihr darüber zu sprechen. Sie war in der Kanzlei und hatte gerade keine Zeit. Also hat er gewartet, bis sie nach Hause kam, und als seine Frau gegen elf Uhr erschien, hat er ihr die Szene geschildert, wie Louise ihn angesehen hatte, ihr eisiges Schweigen und ihre Anmaßung.

Myriam hat ihm gut zugeredet. Sie hat die Sache verharmlost. Hat ihm vorgeworfen, zu hart gewesen zu sein, Louise gekränkt zu haben. Sie verbünden sich sowieso immer gegen ihn, wie zwei Löwinnen. Wenn es um die Kinder geht, behandeln sie ihn manchmal mit einer Herablassung, die ihn auf die Palme bringt. Sie spielen ihr mütterliches Einverständnis aus und lassen ihn wie einen dummen kleinen Jungen dastehen.

Seine Mutter Sylvie hat sich über Paul und Myriam lustig gemacht. »Ihr markiert die großen Herrschaften mit eurer Gouvernante. Findet ihr nicht, ihr übertreibt ein bisschen?« Paul war beleidigt. Seine Eltern haben ihm die Abneigung gegen Geld und Macht anerzogen und dazu noch einen etwas aufgesetzten Respekt gegenüber dem Kleineren. Er hat immer in zwangloser Atmosphäre gearbeitet, mit Leuten, die er als seinesgleichen empfand. Er hat seinen Chef immer geduzt. Er hat nie Anweisungen erteilt. Aber Louise hat aus ihm einen Vorgesetzten gemacht. Er hört sich zu seiner Frau abscheuliche Dinge sagen: »Mach nicht zu viele Zugeständnisse, sonst wird sie immer noch mehr verlangen«, begleitet von der entsprechenden Geste.

In der Badewanne spielt Myriam mit ihrem Sohn. Sie hält ihn zwischen ihren Schenkeln, zieht ihn an sich und herzt ihn so sehr, dass er sich schließlich sträubt und zu weinen anfängt. Sie kann es einfach nicht lassen, seinen pummeligen Körper mit Küssen zu bedecken, diesen perfekten Körper eines Engelchens. Sie sieht ihn an und wird von einer prickelnden Woge mütterlicher Liebe erfasst. Sie sagt sich, dass sie es bald nicht mehr wagen wird, sich so nackt an ihn zu schmiegen. Dass man das irgendwann nicht mehr macht. Und dann, schneller als man denkt, wird sie alt sein, und er, dieser fröhliche, verhätschelte kleine Junge, wird zum Mann geworden sein.

Als sie ihn ausgezogen hat, hat sie zwei komische Male bemerkt, an seinem Arm und seinem Rücken, auf Höhe der Schulter. Zwei rote, fast verschwundene Narben, die aber noch so etwas wie die Spuren kleiner Zähne erahnen lassen. Sie haucht zarte Küsse auf die Stelle. Sie hält ihren Sohn fest an sich gedrückt. Sie bittet ihn um Verzeihung und tröstet ihn nachträglich über dieses in ihrer Abwesenheit erfahrene Leid.

Am nächsten Morgen spricht Myriam Louise darauf an. Die Nounou ist gerade erst hereingekommen. Sie hatte noch nicht mal Zeit, ihren Mantel auszuziehen, da hält Myriam ihr schon Adams kleinen nackten Arm entgegen. Louise wirkt nicht überrascht.

Sie hebt die Augenbrauen, hängt ihren Mantel auf und fragt: »Hat Paul Mila zum Kindergarten gebracht?«

»Ja, sie sind gerade los. Louise, haben Sie das gesehen? Das ist eine Bissspur, oder nicht?«

»Ja, ich weiß. Ich habe etwas Creme aufgetragen, damit es besser heilt. Mila hat ihn gebissen.«

»Sind Sie sicher? Waren Sie da? Haben Sie es gesehen?«

»Natürlich war ich da. Sie haben im Wohnzimmer gespielt, während ich das Abendessen machte. Da habe ich Adam schreien hören, und zuerst habe ich nicht verstanden, warum. Mila hatte ihn durch seine Kleider hindurch gebissen, deswegen habe ich es nicht gleich begriffen.«

»Ich verstehe das nicht«, sagt Myriam wieder und küsst dabei Adams flaumiges Köpfchen. »Ich habe sie mehrmals gefragt, ob sie es war. Ich habe ihr sogar gesagt, dass ich sie nicht bestrafen werde. Sie hat mir geschworen, dass sie nicht weiß, woher der Biss kommt.«

Louise seufzt. Sie senkt den Kopf. Sie scheint zu zögern.

»Ich hatte versprochen, nichts zu sagen, und der Gedanke, ein Versprechen zu brechen, das ich einem Kind gegeben habe, gefällt mir gar nicht.«

Sie legt ihre schwarze Stickjacke ab, knöpft ihr Hemdblusenkleid auf und entblößt die Schulter. Myriam beugt sich vor und kann einen Aufschrei der Überraschung und des Abscheus nicht unterdrücken. Sie starrt auf den braunen Fleck auf Louises Schulter. Die Narbe ist alt, aber man sieht deutlich die Spuren kleiner Zähne, die tief ins Fleisch eingedrungen sind.

»War das Mila?«

»Hören Sie, ich habe Mila versprochen, nichts zu sagen. Ich bitte Sie, nicht mit ihr darüber zu sprechen. Wenn das Band des Vertrauens zwischen uns reißen würde, wäre sie, glaube ich, noch mehr durcheinander, meinen Sie nicht?«

»Aha.«

»Sie ist ein bisschen eifersüchtig auf ihren Bruder, das ist vollkommen normal. Überlassen Sie das ruhig mir, ja? Sie werden sehen, es wird alles gut.«

»Ja. Vielleicht. Aber ich verstehe das wirklich nicht.«

»Sie sollten nicht versuchen, alles zu verstehen. Kinder sind wie Erwachsene. Da gibt es nichts zu verstehen.«

Wie finster Louise dreingeschaut hatte, als Myriam ihr ankündigte, dass sie für eine Woche zu den Großeltern in die Berge fahren würden! Wenn Myriam daran denkt, läuft es ihr kalt den Rücken herunter. In Louises düsterem Blick tobte ein Unwetter. An diesem Abend ist die Nanny gegangen, ohne den Kindern auf Wiedersehen zu sagen. Wie ein Gespenst, unheimlich unaufdringlich, hat sie die Tür zugeknallt, und Mila und Adam haben gesagt: »Mama, Louise ist weg.«

Ein paar Tage später ist Sylvie sie abholen gekommen. Auf diese Überraschung war Louise nicht gefasst. Die Großmutter in ihrer fröhlichen, kapriziösen Art ist laut plappernd in die Wohnung geplatzt. Sie hat ihre Tasche auf den Boden geworfen, hat sich mit den Kindern im Bett herumgekugelt und ihnen eine Woche voller Spaß, Spiele und Schlemmereien versprochen. Myriam lachte über die Faxen ihrer Schwiegermutter, ehe sie sich umwandte. Da, in der Küche, stand Louise und sah ihnen zu. Die Nounou war leichenblass, ihre dunkel umrandeten Augen wirkten, als wären sie in den Höhlen versunken. Sie schien etwas vor sich hin zu murmeln. Myriam ist zu ihr gegangen, aber Louise hatte sich schon hingehockt, um einen Koffer zu schließen. Später hat Myriam sich gesagt, dass sie sich bestimmt getäuscht hatte.

Myriam versucht, sich zu beruhigen. Sie hat keinerlei Grund, sich schlecht zu fühlen. Sie schuldet ihrer Nounou nichts. Dennoch, ohne es sich erklären zu können, hat sie das Gefühl, Louise ihre Kinder zu entreißen, ihr etwas zu verwehren. Sie zu bestrafen.

Vielleicht hat Louise es ihnen übel genommen, dass sie so spät davon erfahren hat und ihren Urlaub nicht planen konnte. Oder sie ist einfach nur verstimmt, dass die Kinder Zeit mit Sylvie verbringen, gegen die sie eine tiefe Abneigung empfindet. Wenn Myriam sich über ihre Schwiegermutter beklagt, stimmt Louise gern mit ein. Mit übertriebenem Eifer ergreift sie für Myriam Partei, bezeichnet Sylvie als verrückt, hysterisch, unterstellt ihr einen schlechten Einfluss auf die Kinder. Sie ermuntert Myriam dazu, sich nicht alles gefallen zu lassen, ja, schlimmer noch, die Großmutter von den armen Kleinen fernzuhalten. In solchen Momenten fühlt Myriam sich zugleich unterstützt und unbehaglich.

Im Auto, als er gerade losfahren will, nimmt Paul die Uhr ab, die er am linken Handgelenk trägt.

»Kannst du die bitte in deine Tasche stecken?«, fragt er Myriam.

Vor zwei Monaten hat er sich diese Uhr geleistet, nachdem er den Vertrag mit seinem berühmten Sänger unterzeichnet hatte. Es ist eine gebrauchte Rolex, die ein Freund ihm zu einem erschwinglichen Preis besorgt hat. Paul hat lange gezögert, sie sich zu gönnen. Er hatte große Lust darauf, fand sie perfekt, schämte sich aber auch für diesen

Fetischismus, diesen trivialen Wunsch. Als er sie das erste Mal trug, erschien sie ihm zugleich wunderschön und überdimensioniert. Er fand sie schwer und abgeschmackt. Er zog immerzu an seinem Jackenärmel, um sie zu verstecken. Aber dann gewöhnte er sich ziemlich schnell an dieses Gewicht an seinem linken Arm. Letztendlich war dieses Schmuckstück, das einzige, das er je besessen hatte, ziemlich dezent. Und schließlich war es sein gutes Recht, sich eine kleine Freude zu machen. Er hatte sie niemandem gestohlen.

»Warum nimmst du deine Uhr ab?«, fragt Myriam, die weiß, wie sehr er daran hängt. »Funktioniert sie nicht mehr?«

»Doch, sie funktioniert bestens. Aber du kennst meine Mutter. Sie würde es nicht verstehen. Und ich habe keine Lust, mich deswegen den ganzen Abend mit ihr zu streiten.«

Sie kommen am frühen Abend in das eiskalte Haus, das noch eine halbe Baustelle ist. Die Küchendecke droht jeden Moment einzustürzen, und im Badezimmer hängen unisolierte Kabel aus der Wand. Myriam hasst diesen Ort. Sie fürchtet um das Leben ihrer Kinder. Panisch, die Hände vorgestreckt, folgt sie ihnen in jeden Winkel, bereit, sie in ihrem Sturz aufzufangen. Sie streift um sie herum. Sie unterbricht ihre Spiele. »Mila, komm einen anderen Pulli anziehen.« »Adam atmet schwer, findet ihr nicht?«

Eines Morgens erwacht sie starr vor Kälte. Sie haucht auf Adams eisige Hände. Besorgt über Milas Blässe, zwingt sie sie, die Mütze auch im Haus aufzubehalten. Sylvie sagt lieber nichts. Sie würde den Kindern gern die Wildheit und

Spontaneität ermöglichen, die ihnen nicht erlaubt sind. Bei ihr gibt es keine Regeln. Sie überhäuft sie nicht mit nutzlosen Geschenken, wie die Eltern, die versuchen, ihre Abwesenheit zu kompensieren. Sie achtet nicht auf ihre Worte und handelt sich ständig Pauls und Myriams Tadel ein.

Um ihre Schwiegertochter auf die Palme zu bringen, nennt sie die Kinder »meine aus dem Nest gefallenen Vögelchen«. Sie bemitleidet sie gerne dafür, dass sie in der Stadt leben, inmitten von Schmutz und Achtlosigkeit. Sie möchte den Horizont dieser Kinder erweitern, die dazu verdammt sind, korrekte Leute zu werden, zugleich unterwürfig und autoritär. Hosenscheißer.

Sylvie reißt sich zusammen. Sie hält sich, so gut sie kann, davor zurück, das Thema Kindererziehung anzuschneiden. Einige Monate zuvor hatten die beiden Frauen einen heftigen Streit. Die Sorte von Streit, den die Zeit nicht so ohne Weiteres vergessen lässt und dessen Worte, so lange danach, beiden noch in den Ohren klingen, wann immer sie sich sehen. Alle hatten getrunken. Viel zu viel. Myriam war sentimental geworden und hatte sich Sylvie anvertraut. Sie beklagte sich, dass sie ihre Kinder niemals sah und unter dieser rastlosen Existenz litt, diesem ewigen Sich-Abstrampeln. Aber Sylvie hat sie nicht getröstet. Sie hat ihre Hand nicht auf Myriams Schulter gelegt. Stattdessen ist sie regelrecht zum Angriff gegen ihre Schwiegertochter übergegangen. Ihre Waffen waren offensichtlich schon gewetzt, bereit zum Einsatz, sobald sich die Gelegenheit bot. Sylvie hat ihr vorgeworfen, zu viel Zeit mit der Arbeit zu verbringen, obwohl sie doch selbst Pauls gesamte Kindheit über berufstätig und immer so stolz auf ihre Unabhängigkeit gewesen war. Sie hat Myriam verantwortungslos und egoistisch genannt. Hat an ihren Fingern all die Dienstreisen aufgezählt, die sie unternommen hatte, selbst wenn Adam krank und Paul gerade mit der Fertigstellung eines neuen Albums beschäftigt war. Es sei ihre Schuld, sagte sie, wenn ihre Kinder unerträgliche, bockige kleine Tyrannen seien. Ihre Schuld und Louises, dieser Pseudo-Nanny, diesem Mutterersatz, auf die Myriam sich aus Nachlässigkeit und Feigheit verließ. Myriam hatte angefangen zu weinen. Paul war zu verblüfft, um etwas zu sagen, und Sylvie legte mit erhobenem Arm nach: »Jetzt heult sie auch noch. Seht sie euch an. Sie heult, und man soll sie bemitleiden, weil sie die Wahrheit nicht erträgt.«

Jedes Mal, wenn Myriam Sylvie sieht, drückt die Erinnerung an diesen Abend sie nieder. Sie hatte damals das Gefühl, angefallen, zu Boden geworfen und mit Dolchstichen durchbohrt zu werden. Mit heraushängenden Eingeweiden lag Myriam vor ihrem Mann da. Sie hatte nicht die Kraft, sich gegen diese Anklagen zu verteidigen, von denen sie wusste, dass sie zum Teil wahr waren, die sie aber als ihr Los und das vieler anderer Frauen betrachtete. Da war nicht das kleinste bisschen Raum für Nachsicht oder Mitgefühl. Nicht ein wohlmeinender Rat wurde erteilt, von Mutter zu Mutter, von Frau zu Frau.

Während des Frühstücks ist Myriams Blick auf ihr Handy geheftet. Sie versucht ihre Mails zu lesen, aber die Verbindung ist zu schlecht, und sie ist so wütend, dass sie das Ding am liebsten an die Wand schmeißen würde. Hysterisch droht sie Paul, nach Paris zurückzufahren. Sylvie zieht sichtlich genervt die Augenbrauen hoch. Sie hatte sich für ihren Sohn eine andere Sorte Frau gewünscht, sanfter, sportlicher, verrückter. Ein Mädchen, das die Natur liebte, Wanderungen in den Bergen, und das sich nicht über den mangelnden Komfort dieses charmanten Hauses beschwert hätte.

Lange Zeit hat Sylvie ohne Punkt und Komma geredet, hat immer wieder dieselben Geschichten aus ihrer Jugend zum Besten gegeben, über ihr früheres Engagement und die revolutionären Freunde. Mit der Zeit hat sie gelernt, sich zurückzuhalten. Vor allem hat sie begriffen, dass keiner sich für ihre nebulösen Theorien interessierte, Theorien über diese korrupte Welt voller ausgemachter Idioten, die sich an Bildschirmen und Mastfleisch nährten. Sie selbst hatte in deren Alter nichts anderes im Sinn gehabt, als die Revolution anzuzetteln. »Wir waren allerdings auch etwas naiv«, wendet ihr Mann Dominique ein, den es bedrückt, sie unglücklich zu sehen. »Naiv, vielleicht, aber sehr viel weniger blöd.« Sie weiß, dass ihr Mann nichts von den Idealen versteht, die sie hegt und über die sich alle lustig machen. Er hört ihr freundlich zu, wie sie ihren Enttäuschungen und Ängsten Luft macht. Sie jammert darüber, was aus ihrem Sohn geworden ist – »Er war so ein lebhafter Junge, erinnerst du dich?« –, ein Mann, der unter der Knute seiner Frau lebt, Sklave ihrer Eitelkeit und Geldgier. Lange Zeit hat sie an eine von beiden Geschlechtern vorangetriebene Revolution geglaubt, aus der eine ganz andere Welt hervorgegangen wäre als die, in der ihre Enkel nun aufwuchsen. Eine Welt, in der man Zeit zu leben gehabt hätte. »Du bist naiv, meine Liebe«, sagt Dominique. »Frauen sind genau solche Kapitalisten wie alle anderen.«

Myriam tigert nervös in der Küche herum und hält dabei ihr Handy umklammert. Um die Atmosphäre zu entspannen, schlägt Dominique vor, spazieren zu gehen. Besänftigt hüllt Myriam ihre Kinder in drei Schichten Pullis, Schals und Handschuhe. Sobald sie draußen sind und der Schnee unter ihren Stiefeln knirscht, rennen die Kinder verzückt los. Sylvie hat zwei alte Rodelschlitten mitgebracht, die Paul und seinem Bruder Patrick gehörten, als sie klein waren. Myriam bemüht sich, ihre Sorge zu unterdrücken, und sieht mit stockendem Atem zu, wie ihre Kinder einen Abhang hinuntersausen.

»Sie werden sich den Hals brechen«, denkt sie und könnte heulen. »Louise, ja, die würde mich verstehen«, wiederholt sie sich in Gedanken immer wieder.

Paul lässt sich mitreißen, er ermuntert Mila, die aufgeregt winkt und sagt: »Guck mal, Papa. Guck, wie ich Schlittenfahren kann!« Sie essen in einem gemütlichen Gasthaus mit knisterndem Kaminfeuer zu Mittag. Sie setzen sich etwas abseits ans Fenster, durch das eine strahlende Sonne die rosigen Wangen der Kinder streichelt. Mila plappert munter drauflos, und die Erwachsenen lachen über ihre Späße. Adam isst endlich einmal so richtig mit Appetit.

An diesem Abend bringen Myriam und Paul die erschöpften Kinder ins Bett. Mila und Adam sind ruhig, vom Toben erschlagen, ganz erfüllt von Entdeckungen und Freude. Die Eltern bleiben noch ein bisschen bei ihnen. Paul sitzt auf dem Fußboden, Myriam am Bett ihrer Tochter. Sacht zieht sie die Decke zurecht, streichelt ihr übers Haar. Zum ersten Mal seit langer Zeit stimmen die Eltern gemeinsam ein Schlaflied an, dessen Strophen sie auswendig gelernt haben, als Mila geboren wurde, und das sie ihr als Baby immer im Duett vorgesungen haben. Die Lider der

Kinder sind geschlossen, aber sie singen weiter, um ihre Träume noch ein Stück zu begleiten. Um sie noch nicht zu verlassen.

Paul wagt nicht, es seiner Frau zu sagen, aber in dieser Nacht fühlt er sich erleichtert. Seit sie hier angekommen sind, ist es, als wäre ein Gewicht von seiner Brust verschwunden. Im Halbschlaf, klamm vor Kälte, denkt er an die Rückkehr nach Paris. Ihre Wohnung erscheint ihm wie ein von fauligen Algen verseuchtes Aquarium, eine stickige Grube, in der Tiere mit räudigem Fell knurrend ihre Runden drehen.

Als sie zurückkommen, sind diese Gedanken schnell vergessen. Louise hat einen Strauß Dahlien ins Wohnzimmer gestellt. Das Abendessen ist fertig, die Bettlaken duften nach Waschmittel. Nachdem sie eine Woche in eiskalten Betten geschlafen und unregelmäßige Mahlzeiten am Küchentisch eingenommen haben, genießen sie jetzt wieder den heimischen Komfort. Wir können unmöglich auf sie verzichten, denken sie. Sie reagieren wie verwöhnte Kinder, wie Hauskatzen.

Ein paar Stunden nach Pauls und Myriams Abreise kehrt Louise um und geht die Rue d'Hauteville wieder zurück. Sie betritt die Wohnung der Massés und öffnet die Fensterläden, die Myriam geschlossen hatte. Sie wechselt alle Laken, leert die Schränke und wischt die Regale ab. Sie schüttelt den alten Berberteppich aus, von dem Myriam sich partout nicht trennen will, und staubsaugt.

Als sie ihre Pflicht erfüllt hat, setzt sie sich aufs Sofa und döst. Die gesamte Woche geht sie nicht vor die Tür und bleibt den ganzen Tag lang im Wohnzimmer, bei laufendem Fernseher. Sie legt sich nie in Pauls und Myriams Bett. Sie lebt auf dem Sofa. Um nichts auszugeben, isst sie das, was sie im Kühlschrank findet, und nimmt noch ein wenig aus der Vorratskammer, über deren Inhalt Myriam garantiert nicht informiert ist.

Den Kochsendungen folgen Nachrichten, Quizshows, ein Reality-TV-Programm, eine Talkshow, die sie zum Lachen bringt. Bei »Enquêtes criminelles« schläft sie ein. An einem Abend verfolgt sie den Fall eines Mannes, den man tot in seinem Haus am Ausgang einer kleinen Stadt in den Bergen gefunden hatte. Die Fensterläden waren seit Monaten geschlossen, der Briefkasten quoll über, und trotzdem hatte sich niemand gefragt, was aus dem Besitzer des Hauses geworden war. Erst bei einer Räumung des Viertels hatte die Feuerwehr die Tür schließlich aufgebrochen und die Leiche entdeckt. Dank der Kühle in dem abgeschlossenen Raum war der Körper quasi mumifiziert. Mehrmals wiederholte der Kommentator, dass der Todeszeitpunkt nur anhand im Kühlschrank gefundener Joghurtbecher festgestellt werden konnte, deren Haltbarkeitsdatum seit einigen Monaten abgelaufen war.

Eines Nachmittags schreckt Louise aus dem Schlaf. Sie war in jene bleierne Betäubung gesunken, aus der man bedrückt, verwirrt und mit dem Gefühl unendlichen Leids wieder zu sich kommt. Ein so tiefer schwarzer Schlaf, dass man kurz geglaubt hat, man müsse sterben; man ist von eiskaltem Schweiß bedeckt und widersinnigerweise erschöpft. Sie rührt sich, setzt sich auf, schlägt sich ins Gesicht. Sie hat solche Kopfschmerzen, dass sie nur mit Mühe die Augen öffnen kann. Fast hört man ihr Herz pochen. Sie sucht ihre Schuhe. Sie rutscht auf dem Parkett aus, weint vor Wut. Sie ist zu spät dran. Die Kleinen werden auf sie warten, der Kindergarten wird anrufen, wird Myriam benachrichtigen. Wie konnte sie nur einschlafen? Wie konnte sie so gedankenlos sein? Sie muss los, muss rennen, aber sie findet die Wohnungsschlüssel nicht. Sie sucht überall, entdeckt sie endlich auf dem Kaminsims. Schon ist sie auf der Treppe, die Haustür fällt hinter ihr ins Schloss. Draußen hat sie das Gefühl, dass alle Leute sie anschauen. Atemlos und wie von Sinnen hastet sie die Straße hinunter. Sie presst die Hand auf ihren Bauch, sie hat entsetzliches Seitenstechen, aber sie verlangsamt ihren Schritt nicht.

Niemand ist da, um den Kindern beim Überqueren der Straße zu helfen. Sonst ist da immer einer mit Leuchtweste und einer kleinen Kelle in der Hand. Entweder der zahnlose junge Mann, von dem sie vermutet, dass er aus dem Gefängnis kommt, oder die große Schwarze, die die Vornamen aller Kinder kennt. Vor dem Kindergarten ist auch niemand. Louise ist allein, wie eine Idiotin. Ein säuerlicher Geschmack liegt ihr auf der Zunge, ihr wird schlecht. Die Kinder sind nicht da. Jetzt geht sie wieder, weinend, mit gesenktem Kopf. Die Kinder sind in den Ferien. Sie ist allein, das hat sie vergessen. Sie schlägt sich auf die Stirn, völlig aufgelöst.

Wafa ruft sie mehrmals täglich an, »nur so, zum Schwatzen«. Eines Abends schlägt sie vor, bei Louise vorbeizukommen. Ihre Chefs sind auch in Urlaub gefahren, und sie kann endlich einmal tun und lassen, was sie will. Louise fragt sich, was Wafa an ihr findet. Es fällt ihr schwer zu glauben, dass jemand so hartnäckig ihre Gesellschaft sucht. Aber der Albtraum vom Vortag verfolgt sie noch, und so willigt sie ein.

Sie verabredet sich mit ihrer Freundin vor dem Haus der Massés. Im Flur redet Wafa laut von der Überraschung, die sie in ihrer geflochtenen Plastiktasche verbirgt. Louise bedeutet ihr, still zu sein. Sie hat Angst, dass man sie hören könnte. Ernst erklimmt sie die Stockwerke, öffnet die Wohnungstür. Das Wohnzimmer erscheint ihr unendlich trist, und sie presst die Hände auf die Augen. Am liebsten würde sie kehrtmachen, Wafa ins Treppenhaus schieben, sich wieder vor den Fernseher setzen, der seinen beruhigenden Bilderbrei ausspuckt. Aber Wafa hat ihre Plastiktasche schon auf der Arbeitsfläche in der Küche abgestellt und holt Gewürzsäckchen, ein Huhn und eines der Glasgefäße, in denen sie ihr Honiggebäck aufbewahrt, daraus hervor. »Ich koche für dich, ja?«

Zum ersten Mal in ihrem Leben setzt Louise sich aufs Sofa und guckt zu, wie jemand für sie kocht. Selbst als Kind kann sie sich nicht erinnern, gesehen zu haben, dass jemand das nur für sie tat, nur um ihr eine Freude zu machen. Als sie klein war, aß sie die Reste von den Tellern der anderen. Man setzte ihr morgens eine lauwarme Suppe vor, eine Tag für Tag wieder aufgewärmte Suppe, bis zum letzten Tropfen. Sie musste sie ganz aufessen, ungeachtet des am Tellerrand erstarrten Fetts, ungeachtet dieses Geschmacks nach säuerlichen Tomaten und abgenagten Knochen.

Wafa serviert ihnen einen Wodka mit eiskaltem Apfelsaft. »Ich liebe Alkohol, wenn er süß ist«, sagt sie, indem sie ihr Glas gegen Louises klirren lässt. Wafa ist stehen geblieben. Sie nimmt den Nippes in die Hand, betrachtet das Bücherregal. Eine Fotografie erregt ihre Aufmerksamkeit.

»Bist du das da? Du siehst schön aus in dem orangen Kleid.« Auf dem Bild trägt Louise die Haare offen und lächelt. Sie sitzt auf einem Mäuerchen und hat ein Kind in jedem Arm. Myriam hat darauf bestanden, es ins Wohnzimmer auf eines der Regale zu stellen. »Sie gehören zur Familie«, hat sie zur Nanny gesagt.

Louise erinnert sich genau daran, wie Paul das Foto gemacht hat. Myriam war in einen kleinen Keramikladen gegangen und konnte sich nicht entscheiden. Louise passte in der engen Geschäftsstraße auf die Kinder auf. Mila hatte sich auf das Mäuerchen gestellt. Sie versuchte, eine graue Katze einzufangen. In dem Moment hat Paul gesagt:

»Louise, Kinder, schaut mal zu mir. Das Licht ist gerade so schön.« Mila hat sich dicht neben Louise gesetzt, und Paul hat gerufen: »Jetzt bitte lächeln!«

»Dieses Jahr«, erzählt Louise, »fahren wir wieder nach Griechenland. Da hin, nach Sifnos«, fügt sie hinzu, indem sie mit der Spitze ihres lackierten Nagels auf das Foto zeigt. Sie haben noch nicht darüber gesprochen, aber Louise ist sich sicher, dass sie wieder auf ihre Insel gehen, im klaren Wasser schwimmen und bei Kerzenschein am Hafen essen werden. Myriam macht Listen, erklärt sie Wafa, die sich zu Füßen ihrer Freundin auf den Boden gesetzt hat. Listen, die überall im Wohnzimmer und sogar im Bett zwischen den Laken herumliegen und auf die sie geschrieben hat, dass sie bald wieder losfahren. Sie werden in den Felsenbuchten spazieren gehen. Sie werden Krebse, Seeigel und Seegurken sammeln, und Louise wird beobachten, wie sie sich am Boden des Eimers zusammenziehen. Sie wird schwimmen, immer weiter und weiter hinaus, und dieses Jahr wird Adam ihr folgen.

Und dann wird das Ende des Aufenthalts herannahen. Am Abend vor der Abreise werden sie bestimmt wieder in das Restaurant gehen, das Myriam so sehr gefallen hat und wo die Kinder noch lebende Fische in der Vitrine aussuchen durften. Da werden sie etwas Wein trinken, und Louise wird ihnen ihren Entschluss mitteilen, nicht nach Hause zurückzukehren. »Ich fliege morgen nicht. Ich werde hier leben.« Natürlich werden sie überrascht sein. Sie werden sie nicht ernst nehmen. Sie werden anfangen zu lachen, weil sie zu viel getrunken haben oder aus Verlegenheit. Doch dann, angesichts der Entschlossenheit ihrer Nanny, werden sie sich langsam Sorgen machen. Sie werden versuchen, sie zur Vernunft zu bringen. »Aber, Louise, das ist doch Unsinn. Sie können nicht hierbleiben. Wovon wollen Sie denn leben?« Dann ist Louise an der Reihe mit lachen.

»Natürlich habe ich an den Winter gedacht.« Im Winter ändert die Insel gewiss ihr Gesicht. Dieser schroffe Fels, diese Oregano- und Distelflächen dürften im Novemberlicht wenig einladend wirken. Es wird finster sein da oben, wenn die ersten Regengüsse niederprasseln. Aber sie lässt sich nicht davon abbringen, niemand wird sie zur Heimkehr bewegen können. Sie wird möglicherweise die Insel wechseln, aber sie wird nie wieder zurückgehen.

»Oder vielleicht sage ich auch gar nichts. Ich verschwinde plötzlich einfach so«, sagt sie mit einem Fingerschnipsen.

Wafa hört zu, wie Louise von ihrem Vorhaben erzählt. Mühelos kann sie sich den blauen Horizont, die gepflasterten Gässchen und das morgendliche Bad im Meer vorstellen. Das alles weckt in ihr eine furchtbare Sehnsucht. Louises Bericht ruft Erinnerungen in ihr wach: an den würzigen, abendlichen Geruch des Atlantiks auf der Uferpromenade, die Sonnenaufgänge mit der ganzen Familie während des Ramadan. Doch Louise fängt unvermittelt an zu lachen und zerstreut den Traum, in dem Wafa versunken ist. Sie lacht wie ein schüchternes kleines Mädchen, die Zähne hinter der Hand verborgen, und bedeutet ihrer Freundin, sich neben sie aufs Sofa zu setzen. Sie heben ihre Gläser und stoßen an. Sie wirken jetzt wie zwei junge Mädchen, zwei Klassenkameradinnen, die ein Scherz zusammengeschweißt hat oder ein Geheimnis, das sie einander anvertraut haben. Zwei Kinder, verloren in einer Szenerie für Erwachsene.

Wafa umsorgt sie wie eine Mutter oder eine Schwester. Sie schenkt ihr Wasser ein, kocht Kaffee, gibt ihr zu essen. Louise streckt die Beine aus und legt die gekreuzten Füße auf den Tisch. Wafa betrachtet Louises schmutzige Sohlen und denkt, dass ihre Freundin betrunken sein muss, um sich so zu benehmen. Sie hat Louises Manieren immer bewundert, ihre gezierte, höfliche Art. Man könnte sie für eine echte Dame halten. Wafa stemmt ihre Füße gegen die Tischkante und fragt in anzüglichem Ton:

»Vielleicht triffst du ja jemanden auf deiner Insel? Einen schönen Griechen, der sich in dich verliebt.«

»O nein!«, antwortet Louise. »Wenn ich dort hingehe, dann, um mich um niemanden mehr zu kümmern. Dann kann ich schlafen, wann ich will, und essen, worauf ich Lust habe.«

Anfangs war für Wafas Hochzeit nichts weiter geplant. Sie wollten einfach nur zum Standesamt gehen, die Dokumente unterschreiben, und Wafa würde Youssef jeden Monat überweisen, was sie ihm schuldete, bis sie ihre französischen Papiere hätte. Doch dann änderte der zukünftige Ehemann seine Meinung. Er überzeugte seine Mutter, der das nur recht war, dass es doch passender wäre, ein paar Freunde einzuladen. »Das ist immerhin meine Hochzeit. Und, wer weiß, vielleicht beruhigt das auch die Einwanderungsbehörden.«

Sie verabreden sich an einem Freitagmorgen vor dem Bürgeramt von Noisy-le-Sec. Louise, die zum ersten Mal Trauzeugin ist, trägt ihre Bluse mit Bubi-Kragen und ein Paar Ohrringe. Sie unterschreibt unten auf dem Blatt, das der Standesbeamte ihr reicht, und die Hochzeit wirkt beinahe echt. Sogar die Hochrufe auf das Brautpaar und der Applaus klingen aufrichtig.

Der kleine Trupp geht zu Fuß zum Restaurant La Gazelle d'Agadir, das ein Freund von Wafa betreibt und in dem sie schon ab und zu als Kellnerin gearbeitet hat. Louise beobachtet die herumstehenden Leute, die gestikulieren, lachen und einander kräftig auf die Schultern klopfen. Vor dem Restaurant haben Youssefs Brüder eine schwarze, mit Dutzenden goldenen Plastikschleifen geschmückte Limousine geparkt.

Der Restaurantbesitzer hat Musik angemacht. Er kümmert sich nicht um die Nachbarn, er denkt ganz im Gegenteil, dass er so bekannt wird, dass die Leute, die auf der Straße vorbeikommen, durchs Fenster die gedeckten Tische sehen und die Gäste um ihre Fröhlichkeit beneiden. Louise beobachtet die Frauen, an denen ihr vor allem die breiten Gesichter, die dicken Hände und die imposanten, von zu eng geschnallten Gürteln betonten Hüften auffallen. Sie reden laut, lachen, rufen quer durch den Saal. Sie umringen Wafa, die man an den Brauttisch gesetzt hat und die sich, wie Louise versteht, nicht von dort fortbewegen darf.

Louise hat man hinten im Raum platziert, weit weg vom Fenster zur Straße, neben einem Mann, den Wafa ihr am Morgen vorgestellt hat. »Ich habe dir schon mal von Hervé erzählt. Er hat meine Dachkammer renoviert. Er arbeitet nicht weit von unserem Viertel.« Wafa hat sie absichtlich neben ihn gesetzt. Das ist die Sorte Mann, die sie verdient. Der Typ, den keiner haben will, aber den sie, Louise, nimmt, so wie sie gebrauchte Kleidung nimmt oder schon gelesene Zeitschriften mit herausgerissenen Seiten und sogar Waffeln, die die Kinder halb aufgegessen haben.

Hervé gefällt ihr nicht. Wafas forschende Blicke sind ihr unangenehm. Sie hasst dieses Gefühl, beobachtet zu werden, in der Falle zu sitzen. Und dann ist der Mann so gewöhnlich. Er hat so wenig, um zu gefallen. Zunächst einmal ist er kaum größer als Louise. Muskulöse, aber kurze Beine, schmale Hüften. Fast kein Hals. Wenn er redet, zieht er manchmal den Kopf zwischen die Schultern wie eine schüchterne Schildkröte. Louise sieht immerzu auf seine Hände, die auf dem Tisch liegen, Arbeiterhände, Armenhände, Raucherhände. Sie hat bemerkt, dass ihm Zähne fehlen. Er ist so gewöhnlich. Er riecht nach Gurken und Wein. Das Erste, was sie denkt, ist, dass sie sich schämen würde, ihn Myriam und Paul vorzustellen. Sie wären enttäuscht. Ganz bestimmt würden sie denken, dass dieser Mann nicht gut genug für sie ist.

Hervé dagegen glotzt Louise begehrlich an, wie ein Alter ein junges Mädchen ansieht, das eine Spur Interesse gezeigt hat. Er findet sie so elegant, so fein. Er mustert ihren raffinierten Kragen, die zierlichen Ohrringe. Er betrachtet ihre Hände, die sie auf die Knie gelegt hat und immerzu knetet, ihre kleinen weißen Hände mit den rosa Nägeln, ihre Hände, die so aussehen, als hätten sie nicht gelitten, sich nicht geschunden. Louise erinnert ihn an diese Porzellanpuppen, die er in den Wohnungen alter Frauen, für die er mal etwas repariert oder besorgt hat, auf Regalen hat sitzen sehen. Wie bei diesen Spielzeugen sind Louises Züge beinahe starr, manchmal verharrt sie reglos in ganz bezaubernden Posen. Wenn sie so ins Leere blickt, möchte Hervé sich ihr in Erinnerung rufen.

Er erzählt ihr von seiner Arbeit. Ausfahrer, aber nicht in Vollzeit. Er übernimmt auch Besorgungen, Reparaturen und Umzüge. An drei Tagen in der Woche arbeitet er als Parkplatzwächter bei einer Bank am Boulevard Haussmann. »Da habe ich Zeit zum Lesen«, sagt er. »Krimis, aber nicht nur.« Sie weiß nicht, was sie antworten soll, als er sie fragt, was sie so liest.

»Also eher Musik? Magst du Musik?«

Er ist verrückt danach und tut mit seinen kleinen rötlichen Fingern so, als würde er die Saiten einer Gitarre zupfen. Er redet von früher, damals, als man mit den Kumpels Musik hörte und Sänger seine Idole waren. Er hatte lange Haare, er verehrte Jimi Hendrix. »Ich werde dir ein Foto zeigen«, sagt er. Louise wird bewusst, dass sie niemals Musik gehört hat. Sie hat nie einen Sinn dafür gehabt. Sie kennt nur die Abzählreime und einfachen Liedchen, die von Müttern an ihre Töchter weitergegeben werden. Eines Abends hat Myriam sie dabei überrascht, wie sie den Kindern eine Melodie vorsummte. Sie hat ihr gesagt, sie habe eine sehr schöne Stimme. »Wie schade, Sie hätten Sängerin werden können.«

Louise ist nicht aufgefallen, dass die meisten Gäste keinen Alkohol trinken. In der Mitte eines jeden Tisches stehen eine Flasche Soda und eine Karaffe Leitungswasser. Hervé hat eine Flasche Wein zu seiner Rechten auf dem Boden versteckt, und er schenkt Louise nach, wann immer ihr Glas leer ist. Sie trinkt langsam. Allmählich gewöhnt sie sich an die ohrenbetäubende Musik, das Geschrei der Anwesenden, das unverständliche Gerede der Jungen, die ihre Lippen ans Mikro pressen. Sie lächelt sogar bei Wafas Anblick und vergisst ganz, dass das alles nur eine Maskerade ist, ein gezinktes Spiel, nichts als Schwindel.

Sie nippt an ihrem Wein, und das Unbehagen, zu leben, die Scheu, zu atmen, all dieses Leid zergeht in den Gläsern, die sie zögerlich und in kleinen Schlucken trinkt. Die Banalität dieses Lokals, die ihres Tischnachbarn erscheinen in einem anderen Licht. Hervé hat eine sanfte Stimme, und er versteht zu schweigen. Er sieht sie an und lächelt mit gesenktem Blick. Wenn er nichts zu sagen hat, sagt er nichts. Seine kleinen wimpernlosen Augen, sein dünnes Haar, die bläuliche Haut und seine Manieren missfallen Louise nicht mehr so sehr.

Sie lässt sich von Hervé ein Stück begleiten, zusammen gehen sie bis zur Metrostation. Sie sagt auf Wiedersehen und steigt die Treppe hinunter, ohne sich umzudrehen. Auf dem Rückweg denkt Hervé an sie. Sie geht ihm nicht aus dem Kopf, wie die hartnäckige Melodie eines englischen Songs, den er nicht versteht und dessen Refrain er selbst nach all den Jahren noch immer verhunzt.

Wie jeden Morgen öffnet Louise um 7 Uhr 30 die Wohnungstür. Paul und Myriam stehen im Wohnzimmer. Sie sehen aus, als hätten sie auf sie gewartet. Myriam wirkt wie ein hungriges Tier, das sich die ganze Nacht in seinem Käfig im Kreis gedreht hat. Paul schaltet den Fernseher an und erlaubt Mila und Adam ausnahmsweise einmal, vor dem Kindergarten Zeichentrickfilme anzuschauen.

»Ihr bleibt hier und bewegt euch nicht vom Fleck«, befiehlt er den beiden, die wie hypnotisiert auf einen Cartoon mit überdrehten Hasen starren.

Die Erwachsenen gehen in die Küche und schließen die Tür hinter sich. Paul bittet Louise, sich zu setzen.

»Soll ich Ihnen einen Kaffee machen?«, schlägt die Nanny vor.

»Nein, ist schon gut, danke«, antwortet Paul knapp. Myriam, hinter ihm, sieht zu Boden. »Louise, wir haben einen Brief bekommen, der uns sehr in Verlegenheit bringt. Ich muss gestehen, dass wir äußerst verärgert sind über das, was wir erfahren haben. Es gibt Dinge, die wir nicht tolerieren können.«

Er hat geredet, ohne Luft zu holen, den Blick starr auf den Umschlag gerichtet, den er in der Hand hält.

Louise hört auf zu atmen. Sie spürt ihre Zunge nicht mehr und muss sich auf die Lippe beißen, um nicht zu weinen. Sie würde es gerne machen wie die Kinder, sich die Ohren zuhalten, schreien, sich auf dem Boden wälzen, egal was, nur um dieses Gespräch nicht führen zu müssen. Sie versucht das Schriftstück zwischen Pauls Fingern zu identifizieren, aber sie kann nichts erkennen, weder die Adresse noch den Inhalt.

Plötzlich ist sie überzeugt, dass der Brief von Madame Grinberg kommt. Die alte Krähe hat sie bestimmt beobachtet, während Paul und Myriam nicht da waren, und spielt nun die Zuträgerin. Sie denunziert sie, verbreitet ihre Verleumdungen, um sich von ihrer Einsamkeit abzulenken. Ganz sicher hat sie erzählt, dass Louise die Ferien hier verbracht hat. Dass sie Wafa eingeladen hat. Es ist gut möglich, dass sie den Brief nicht mal unterschrieben hat, um es noch spannender zu machen, noch gemeiner. Und dann hat sie bestimmt was dazugedichtet, hat ihre Altweiberphantasien, ihre lüsternen senilen Hirngespinste zu Papier gebracht. Louise wird es nicht ertragen können. Nein, sie kann Myriams Blick nicht ertragen, den angewiderten Blick ihrer Chefin, die denkt, dass sie in ihrem Bett geschlafen und sie zum Narren gehalten hat.

Louise ist erstarrt. Ihre Finger sind verkrampft vor Hass, und sie schiebt ihre Hände unter die Knie, um ihr Zittern zu verbergen. Ihr Gesicht und ihr Hals sind aschfahl. In einer wütenden Geste fährt sie sich mit den Händen durchs Haar. Paul, der auf eine Reaktion gewartet hat, fährt fort.

»Der Brief ist vom Finanzamt, Louise. Sie fordern uns auf, von Ihrem Lohn die Summe abzuführen, die Sie ihnen anscheinend schon seit Monaten schulden. Sie haben keine der Mahnungen beantwortet.«

Paul könnte schwören, Erleichterung in den Augen der Nanny bemerkt zu haben.

»Mir ist klar, wie peinlich dieser Vorgang für Sie sein muss, aber Sie können sich vorstellen, dass es für uns auch nicht gerade angenehm ist.«

Paul hält Louise den Brief hin, die sich jedoch nicht rührt.

»Sehen Sie es sich an.«

Mit feuchten, zitternden Händen ergreift Louise den Umschlag und zieht das Blatt daraus hervor. Ihr Blick ist verschwommen, sie tut so, als würde sie lesen, aber sie versteht kein Wort.

»Wenn Sie zu solchen Mittel greifen, dann haben sie schon alles andere versucht, verstehen Sie? Sie dürfen nicht dermaßen nachlässig sein«, erklärt Myriam.

»Es tut mir leid«, sagt sie. »Es tut mir leid, Myriam. Ich werde das regeln, das verspreche ich Ihnen.«

»Ich kann Ihnen helfen, wenn Sie möchten. Sie müssten mir alle Unterlagen bringen, damit wir eine Lösung finden können.«

Louise reibt sich mit verlorenem Blick die Wange. Sie weiß, dass sie etwas sagen sollte. Am liebsten würde sie Myriam umarmen, sie an sich drücken, um Hilfe bitten. Sie würde ihr gern sagen, dass sie alleine ist, so allein, und dass so viele Dinge passiert sind, so viele Dinge, die sie nicht hat erzählen können, aber die sie ihr, Myriam, gern sagen würde. Sie ist verwirrt, zittrig. Sie weiß nicht mehr, wie sie sich verhalten soll.

Louise versucht den Schein zu wahren. Sie schiebt ein Missverständnis vor. Führt eine Geschichte von einem Adresswechsel an. Sie macht Jacques, ihren Mann, für alles verantwortlich, der so wenig vorausschauend und so verschlossen war. Sie leugnet wider die offensichtlichen Tatsachen, wider alles besseren Wissen. Was sie erzählt, ist so konfus und erbärmlich, dass Paul die Augen verdreht.

»Schon gut, schon gut. Das sind Ihre Angelegenheiten, also regeln Sie sie. Ich möchte nie wieder so ein Schreiben bekommen.«

Die Briefe sind ihr von Jacques' Haus bis in ihre Einzimmerwohnung gefolgt und schließlich bis hierher, auf ihr Terrain, in dieses Haus, das nur sie allein zusammenhält. Sie haben hierher die unbezahlten Rechnungen für Jacques' Behandlung geschickt, die ausstehende Wohnsteuer mitsamt Mahngebühren und andere Kreditrückstände, von denen Louise keine Ahnung hat, woher sie kommen. Sie hat blauäugig gedacht, dass die angesichts ihres Schweigens irgendwann aufgeben würden. Dass sie sich nur tot stellen müsste, sie, die doch sowieso nichts ist, nichts hat. Was kümmert es die denn? Was müssen sie sie verfolgen?

Sie weiß, wo die Briefe sind. Ein Haufen Umschläge, die sie nicht weggeworfen hat, die auf dem Stromzähler liegen. Sie würde sie gern anzünden. Sie begreift sowieso nichts von diesen Bandwurmsätzen, diesen Tabellen, die sich über ganze Seiten erstrecken, diesen Zahlenkolonnen, deren Summe nur immer größer wird. Wie früher, wenn sie Stéphanie bei den Hausaufgaben half. Sie gab ihr Diktate. Sie versuchte Mathematikaufgaben mit ihr zu lösen. Ihre Tochter lachte sie nur aus: »Was verstehst du schon davon? Du blickst doch nichts.«

Am Abend, nachdem sie den Kindern die Pyjamas angezogen hat, hält Louise sich noch ein Weilchen in ihrem Zimmer auf. Myriam erwartet sie in der Diele, aufrecht. »Sie können jetzt gehen. Wir sehen uns morgen.« Louise würde so gern bleiben. Da schlafen, am Fuß von Milas Bett. Sie würde ganz leise sein, sie würde niemanden stören. Louise will nicht in ihre kleine Wohnung zurückkehren. Jeden Abend geht sie ein bisschen später nach Hause und läuft mit gesenktem Blick durch die Straße, den Schal bis zum Kinn hochgezogen. Sie hat Angst, ihrem Vermieter zu begegnen, einem alten Kerl mit roten Haaren und blutunterlaufenen Augen. Ein Pfennigfuchser, der ihr nur vertraut hat, weil »es so gut wie unmöglich ist, in diesem Viertel an eine Weiße zu vermieten«. Er wird es inzwischen bereut haben.

Im RER beißt sie die Zähne zusammen, um nicht zu weinen. Ein eisiger, heimtückischer Regen durchdringt ihren Mantel und ihre Haare. Schwere Tropfen fallen von den Vordächern, rinnen ihr in den Kragen, lassen sie erschauern. Als sie in ihre Straße einbiegt, die völlig verlassen daliegt, fühlt sie sich dennoch beobachtet. Sie schaut sich um, aber da ist niemand. Dann bemerkt sie einen Mann, der im Halbdunkeln zwischen zwei Autos hockt. Sie sieht seine nackten Schenkel, seine Hände, die auf den Knien liegen. Eine Hand hält eine Zeitung. Er blickt Louise an. Er guckt weder feindselig noch beschämt. Sie weicht zurück, ihr ist speiübel. Sie möchte schreien, möchte jemanden als Zeugen anrufen. Ein Mann scheißt in ihre Straße, vor ihren Augen. Ein Mann, der anscheinend keinerlei Schamgefühl mehr hat und es offenbar gewöhnt ist, seine Bedürfnisse würdelos in aller Öffentlichkeit zu verrichten.

Louise rennt bis zu ihrer Haustür und steigt zitternd die Stufen hoch. Sie räumt alles auf. Sie wechselt die Laken. Sie würde sich gern waschen und lange unter dem heißen Wasserstrahl bleiben, um sich aufzuwärmen, aber seit einigen Tagen ist die Dusche abgesackt und unbenutzbar. Das faulige Holz unter der Wanne hat nachgegeben, und die Dusche ist halb zusammengestürzt. Seitdem wäscht sie sich über dem Waschbecken. Vor drei Tagen hat sie sich die Haare shampooniert, im Sitzen auf dem Resopalstuhl.

Als sie im Bett liegt, kann sie nicht einschlafen. Sie hat immerzu diesen Mann im Halbdunkeln vor Augen. Sie wird den Gedanken nicht los, dass ihr das auch bald bevorsteht. Dass sie sich auf der Straße wiederfinden wird. Dass sie gezwungen sein wird, selbst noch diese abscheuliche Wohnung zu verlassen, und dass sie auf die Straße scheißen wird, wie ein Tier.

Am nächsten Tag kommt Louise nicht aus dem Bett. Die ganze Nacht hatte sie so hohes Fieber, dass sie mit den Zähnen geklappert hat. Ihr Hals ist geschwollen und voller Eiterbläschen. Sie kann kaum ihre eigene Spucke herunterschlucken. Es ist gerade halb acht, da fängt ihr Telefon an zu klingeln. Sie geht nicht ran. Dabei weiß sie, dass Myriams Name auf dem Display aufleuchtet. Sie öffnet die Augen, streckt den Arm nach ihrem Handy aus und drückt den Anruf weg. Sie vergräbt ihr Gesicht im Kopfkissen.

Das Telefon klingelt wieder.

Dieses Mal hinterlässt Myriam eine Nachricht. »Guten Morgen, Louise, ich hoffe, es geht Ihnen gut. Es ist jetzt fast acht Uhr. Mila ist seit gestern Abend krank, sie hat Fieber. Ich habe einen sehr wichtigen Fall, ich hatte Ihnen gesagt, dass heute die Verhandlung ist. Ich hoffe, alles ist in Ordnung und es ist nichts passiert. Rufen Sie mich zurück, sobald Sie diese Nachricht hören. Wir warten auf Sie.« Louise wirft das Telefon ans Fußende. Sie wickelt sich in ihre Decke ein. Sie versucht zu vergessen, dass sie Durst hat und furchtbar dringend zur Toilette muss. Sie will sich nicht von hier wegbewegen.

Ihr Bett hat sie an die Wand geschoben, um das bisschen

Wärme, das der Heizkörper abgibt, ganz auszunutzen. In dieser Position berührt ihre Nase fast die Scheibe. Den Blick auf die dürren Bäume draußen gerichtet, findet sie keinen Ausweg mehr aus nichts. Sie hat die seltsame Gewissheit, dass es nutzlos ist, zu kämpfen. Dass sie sich nur treiben, mitreißen und die Wellen über sich zusammenschlagen lassen kann, dass sie den Umständen hier nur teilnahmslos gegenüberstehen kann. Am Abend zuvor hat sie die Briefe zusammengesucht. Sie hat sie alle geöffnet und zerrissen, Stück für Stück. Sie hat die Schnipsel in den Ausguss geworfen und den Wasserhahn aufgedreht. Die aufgeweichten Papierfetzen haben sich zu einem ekligen Brei verbunden, dem sie dabei zusah, wie er sich unter dem kochend heißen Rinnsal langsam auflöste. Das Telefon klingelt, wieder und wieder. Louise hat es unter ein Kissen gestopft, aber das schrille Klingeln hindert sie daran, noch einmal einzuschlafen.

In der Wohnung tritt Myriam verzweifelt auf der Stelle. Ihre Anwaltsrobe liegt über dem gestreiften Sessel. »Sie kommt nicht mehr«, sagt sie zu Paul. »Das wäre nicht das erste Mal, dass eine Nanny von einem Tag auf den anderen verschwindet. So was habe ich schon oft gehört.« Sie probiert erneut anzurufen und fühlt sich gegenüber Louises Schweigen vollkommen hilflos. Sie gibt Paul die Schuld. Sie wirft ihm vor, er sei zu hart gewesen und habe Louise wie eine einfache Angestellte behandelt. »Wir haben sie gekränkt«, schließt sie.

Paul versucht seine Frau zu beruhigen. Louise hat vielleicht ein Problem, sicher ist irgendetwas passiert. Sie würde es bestimmt nicht wagen, sie einfach so, ohne eine Erklärung, zu verlassen. So vernarrt, wie sie in die Kinder ist, könnte sie niemals gehen, ohne sich von ihnen zu verabschieden. »Statt dir irgendeinen Unsinn auszumalen, solltest du lieber nach ihrer Adresse suchen. Sieh auf ihrem Vertrag nach. Wenn sie sich in einer Stunde noch nicht gemeldet hat, fahre ich zu ihr.«

Myriam hockt auf dem Boden und kramt in ihren Schubladen, als das Telefon klingelt. Louise entschuldigt sich mit kaum hörbarer Stimme. Sie ist so krank, dass sie es nicht geschafft hat, aufzustehen. Sie ist wieder eingeschlafen und hat ihr Telefon nicht gehört. Mindestens zehn Mal sagt sie: »Es tut mir leid.« Myriam ist etwas überrumpelt von dieser simplen Erklärung. Sie schämt sich ein wenig, dass sie daran gar nicht gedacht hat: Louise war einfach krank. Als wäre Louise unfehlbar, als könnte ihr Körper nie ermüden oder Schwäche zeigen. »Ich verstehe«, antwortet Myriam. »Ruhen Sie sich aus, wir werden eine Lösung finden.«

Paul und Myriam rufen Freunde, Kollegen, ihre Familien an. Irgendjemand gibt ihnen schließlich die Nummer einer Studentin, »die Ihnen aus der Patsche helfen kann« und die glücklicherweise einwilligt, sofort zu kommen. Die junge Frau, eine zwanzigjährige, hübsche Blonde, flößt Myriam kein Vertrauen ein. Nachdem sie die Wohnung betreten hat, zieht sie langsam ihre hochhackigen Stiefeletten aus. Myriam bemerkt ein scheußliches Tattoo an ihrem Hals. Myriams Anweisungen quittiert sie alle mit »Ja«, ohne jedoch den Eindruck zu erwecken, sie hätte irgendetwas verstanden, wie um diese angespannte und hartnäckige Chefin möglichst schnell loszuwerden. Mila gegenüber, die auf dem Sofa vor sich hin dämmert, tut sie übertrieben freundlich. Sie mimt mütterliche Besorgnis, wo sie doch selbst noch nicht aufgehört hat, ein Kind zu sein.

Aber das Beste erwartet Myriam am Abend, als sie nach Hause kommt. Die Wohnung ist ein einziges wüstes Durcheinander. Spielsachen liegen überall im Wohnzimmer herum. Das schmutzige Geschirr türmt sich im Spülbecken. Karottenbrei ist auf dem kleinen Tisch eingetrocknet. Die junge Frau steht auf, erleichtert wie ein Gefangener, den man aus der Beklemmung seiner Zelle befreit. Sie steckt die Scheine ein und rennt, mit dem Mobiltelefon in der Hand, zur Tür. Später entdeckt Myriam auf dem Balkon ein Dutzend Stummel von selbst gedrehten Zigaretten und auf der blauen Kommode im Kinderzimmer ein geschmolzenes Schokoladeneis, das den Anstrich des Möbels ruiniert hat.

Drei Tage lang hat Louise Albträume. Sie fällt nicht in Schlaf, sondern in einen krankhaften Dämmerzustand voll wirrer Gedanken, der ihr Unwohlsein noch verstärkt. Nachts ist sie erfüllt von einem inneren Schrei, der ihre Eingeweide zerreißt. Mit knirschenden Zähnen gräbt sie sich in die Matratze, das Nachthemd klebt an ihrem Oberkörper. Jetzt hat sie das Gefühl, dass ihr Gesicht unter einem Stiefelabsatz ist und ihr Mund voller Erde. Ihre Hüfte zappelt wie der Schwanz einer Kaulquappe. Sie ist vollkommen ausgelaugt. Sie steht auf, um zu trinken und auf die Toilette zu gehen, dann kehrt sie in ihre Höhle zurück.

Sie taucht aus dem Schlaf auf wie man aus der Tiefe emporsteigt, wenn man zu weit geschwommen ist und der Sauerstoff fehlt, wenn das Wasser nur noch zähes schwarzes Magma ist und man betet, genug Luft übrig zu haben, genug Kraft, um die Oberfläche zu erreichen und begierig einzuatmen.

In ihrem kleinen geblümten Heft hat sie den Begriff notiert, den ein Arzt des Henri-Mondor-Krankenhauses gebraucht hatte. »Delirierende Melancholie«. Louise hatte das schön gefunden, und in ihre Traurigkeit hatte sich plötzlich ein Hauch Poesie eingeschlichen, eine Ablenkung. Sie hat es in ihrer komischen Schrift aus plumpen, unbeholfenen Blockbuchstaben notiert. Die Worte auf den Seiten dieses Heftes erinnern an die wackeligen Türme aus Bauklötzen, die Adam nur um des Vergnügens willen baut, sie einstürzen zu sehen.

Zum ersten Mal denkt sie ans Alter. An den Körper, der nicht mehr rundläuft, die Bewegungen, die bis in die Knochen hinein schmerzen. An die steigenden Arztkosten. Und dann die Angst davor, im Alter anfällig zu sein, bettlägerig, krank, in dieser Wohnung mit den schmutzigen Fenstern. Das ist zu einer fixen Idee geworden. Sie hasst diesen Ort. Der Schimmelgeruch aus der Duschkabine verfolgt sie. Sie kann ihn sogar schmecken. Jeder Spalt, alle Dichtungen sind von grünlichem Schimmel befallen, und sie kann ihn noch so wütend abkratzen, er kommt über Nacht wieder, dichter als je zuvor.

Hass steigt in ihr auf. Ein Hass, der ihren Hang zur Unterwürfigkeit und ihren kindlichen Optimismus zunichtemacht. Ein Hass, der alles entzweit. Sie versinkt in einem trostlosen und verworrenen Traum. Verfolgt von dem Gefühl, zu viel gesehen und gehört zu haben von der Intimität der anderen, einer Intimität, die man ihr nie zugestanden hat. Sie hat nie ein eigenes Zimmer gehabt.

Nach zwei angsterfüllten Nächten fühlt sie sich bereit, wieder arbeiten zu gehen. Sie hat abgenommen, und ihr bleiches, ausgezehrtes Kleinmädchengesicht ist länger geworden, wie unter Schlägen. Sie schminkt und frisiert sich. Mit jedem Strich malvenfarbenen Lidschattens wird sie ruhiger.

Um 7 Uhr 30 öffnet sie die Tür der Wohnung in der Rue d'Hauteville. Mila in ihrem hellblauen Pyjama rennt ihr entgegen. Sie hüpft ihr in die Arme. Sie sagt: »Louise, du bist es! Du bist wieder da!«

Adam strampelt auf dem Arm seiner Mutter. Er hat Louises Stimme gehört, er hat ihren Puderduft erkannt, ihre leichten Schritte auf dem Parkett. Er stemmt seine Händchen gegen Myriams Brust, die ihr Kind lächelnd Louises Zärtlichkeiten übergibt.

In Myriams Kühlschrank gibt es Dosen. Klitzekleine Dosen, eine über der anderen. Es gibt mit Aluminiumfolie bedeckte Schüsseln. In den Plastikfächern findet man Zitronenschnitze, eine schlaffe Gurkenscheibe, ein Zwiebelviertel, dessen Geruch die Küche erfüllt, sobald man die Kühlschranktür öffnet. Ein Stück Käse, von dem nur noch die Rinde übrig ist. In den Dosen entdeckt Myriam ein paar Erbsen, die schon lange nicht mehr rund und hellgrün sind. Drei Nudeln. Einen Löffel Brei. Ein Fitzelchen Pute, von dem kein Spatz mehr satt werden würde, das Louise aber trotzdem sorgfältig aufbewahrt hat.

Paul und Myriam machen ihre Witze darüber. Sie finden diese Marotte von Louise, ihre neurotische Aversion dagegen, Lebensmittel wegzuschmeißen, zum Lachen. Die Nanny kratzt Konservendosen leer, lässt die Kinder Joghurtbecher ausschlecken. Ihren Arbeitgebern erscheint das lächerlich und rührend.

Paul zieht Myriam damit auf, wenn sie mitten in der Nacht den Müll mit Essensresten oder einem alten Spielzeug von Mila, das sie nicht reparieren mögen, runterbringt. »Gib's zu, du hast Angst, dass Louise dich ausschimpft!«, sagt er und verfolgt sie feixend ins Treppenhaus.

Es amüsiert sie zu sehen, wie Louise hoch konzentriert die Werbeprospekte der Geschäfte aus dem Viertel studiert, die sie gewöhnlich ohne nachzudenken direkt aus dem Briefkasten in den Papierkorb schmeißen. Die Nanny sammelt die Rabattmarken und präsentiert sie Myriam stolz, die sich schämt, dass sie das idiotisch findet. Im Übrigen führt sie Louise ihrem Mann und ihren Kindern gegenüber als Beispiel an. »Louise hat recht. Es ist nicht schön, verschwenderisch zu sein. Viele Kinder haben gar nichts zu essen.«

Aber nach ein paar Monaten wird diese Manie zu einem Streitpunkt. Myriam wirft Louise ihr obsessives Verhalten vor. Sie beklagt sich über ihre Strenge und Zwanghaftigkeit. »Soll sie doch im Müll wühlen, ich bin ihr schließlich keine Rechenschaft schuldig«, erklärt sie Paul, der bekräftigt, man müsse sich von Louises Herrschaft emanzipieren. Myriam zeigt sich entschlossen. Sie verbietet Louise, den Kindern abgelaufene Lebensmittel zu geben. »Ja, auch, wenn das Verfallsdatum erst seit einem Tag abgelaufen ist. Schluss, aus, ich möchte nicht darüber diskutieren.«

Eines Abends, als Louise sich noch nicht ganz von ihrer Krankheit erholt hat, kommt Myriam spät nach Hause. Die Wohnung liegt im Dunkeln, und Louise wartet hinter der Tür, ihren Mantel umgelegt, die Tasche in der Hand. Sie sagt kaum auf Wiedersehen und eilt zum Aufzug. Myriam ist zu müde, um darüber nachzudenken oder sich aufzuregen.

»Louise schmollt. Na und?«

Sie könnte sich aufs Sofa fallen lassen und einschlafen, angezogen, wie sie ist, die Schuhe noch an den Füßen. Aber sie geht Richtung Küche, um sich ein Glas Wein zu holen. Sie hat Lust, sich einen Moment ins Wohnzimmer zu setzen, ein gut gekühltes Glas Weißwein zu trinken und sich bei einer Zigarette zu entspannen. Wenn sie nicht fürchten würde, die Kinder aufzuwecken, würde sie sogar ein Bad nehmen.

Sie betritt die Küche und macht das Licht an. Der Raum sieht noch sauberer aus als sonst. Es riecht intensiv nach Seife. Die Kühlschranktür wurde geputzt. Nichts liegt auf der Arbeitsfläche. An der Dunstabzugshaube ist kein bisschen Fett zu sehen, die Schrankgriffe wurden abgewischt. Und das Fenster, gegenüber der Tür, strahlt vor Reinheit.

Myriam will gerade den Kühlschrank öffnen, da sieht sie es. Da, mitten auf dem kleinen Tisch, an dem die Kinder und die Nanny immer essen. Ein Hühnergerippe auf einem Teller. Ein glänzendes Gerippe, an dem nicht mehr das kleinste Fitzelchen Fleisch ist, nicht die geringste Spur. Man könnte meinen, ein Geier habe es abgenagt oder ein starrköpfiges, äußerst gründliches Insekt. Ein Mistvieh auf jeden Fall.

Sie starrt das Skelett an, das gebogene Brustbein, die spitzen Rippen, die saubere, glatte Wirbelsäule. Die Beine wurden ausgerissen, aber die Flügel sind noch da, verdreht, die Gelenke überdehnt, kurz davor, auszubrechen. Die gelblich schimmernden Knorpel sehen aus wie getrockneter Eiter. Durch die Lücken zwischen den kleinen Knochen sieht Myriam das leere Innere des Brustkorbs. Es gibt kein Fleisch mehr, keine Organe, nichts Verwesliches an diesem Skelett, und doch kommt es Myriam so vor, als wäre es ein Aas, ein widerlicher Kadaver, der hier vor ihren Augen weiter verfault, in ihrer Küche.

Sie weiß genau, sie hat das Huhn an diesem Morgen weggeworfen. Das Fleisch war nicht mehr genießbar, sie wollte verhindern, dass ihre Kinder sich den Magen verderben. Sie erinnert sich ganz genau, wie sie den Teller über dem Müllsack geschüttelt hat und das Vieh, umgeben von glibberigem Fett, runtergerutscht ist. Es ist mit einem dumpfen Geräusch auf dem Boden des Mülleimers aufgekommen, und Myriam hat »Igitt!« gesagt. Dieser Geruch am frühen Morgen drehte ihr den Magen um.

Myriam nähert sich dem Tier, das sie nicht zu berühren wagt. Das kann kein Irrtum, kein Versehen Louises sein. Noch weniger ein Scherz. Nein, das Gerippe riecht nach Spülmittel mit Mandelduft. Louise hat es gründlich gewaschen, sie hat es gesäubert und es dort hingelegt wie eine Rache, wie ein unheilvolles Totem.

Später hat Mila ihrer Mutter alles erzählt. Sie lachte und hüpfte, während sie erklärte, wie Louise ihnen beigebracht hatte, mit den Fingern zu essen. Auf ihren Stühlen stehend, hatten Adam und sie die Knochen abgekratzt. Das Fleisch war trocken, und Louise erlaubte ihnen, große Gläser Fanta dazu zu trinken, damit es ihnen nicht im Hals stecken blieb. Sie hat sehr darauf geachtet, dass sie das Skelett nicht beschädigten, und es nicht aus den Augen gelassen. Sie hat ihnen gesagt, dass es ein Spiel sei und sie eine Belohnung bekämen, wenn sie sich genau an die Regeln hielten. Und am Ende haben sie zwei saure Drops bekommen.

Hector Rouvier

Zehn Jahre sind vergangen, aber Hector Rouvier erinnert sich noch genau an Louises Hände. Die hat er am häufigsten berührt, ihre Hände. Sie dufteten nach zerdrückten Blütenblättern, und ihre Nägel waren immer lackiert. Hector hielt sie fest, presste sie an sich, fühlte sie in seinem Nacken, wenn er einen Film anschaute. Louises Hände tauchten ins heiße Wasser und schrubbten Hectors mageren Körper. Sie schäumten seine Haare ein, glitten unter seine Achseln, wuschen sein Glied, seinen Bauch, seine Pobacken.

Wenn er im Bett lag, das Gesicht im Kissen vergraben, zog er sein Pyjamaoberteil hoch, um Louise zu bedeuten, dass sie ihn streicheln solle. Mit der Spitze ihrer Nägel fuhr sie sacht über den Rücken des Jungen, dessen Haut alarmiert kribbelte, erschauerte, und er schlief ein, zufrieden und ein bisschen verschämt in einer Ahnung der merkwürdigen Erregung, in die Louises Hände ihn versetzt hatten.

Auf dem Weg zur Schule hielt Hector die Hände seiner Nounou ganz fest. Je mehr er wuchs, je breiter seine Handflächen wurden, desto mehr fürchtete er, Louises Knochen zu zerquetschen, ihre Knochen aus Biskuit und Porzellan. Die Finger der Nounou knackten in der Hand des Kindes, und manchmal dachte Hector, dass er es war, der Louise bei der Hand nahm und sie über die Straße brachte.

Louise war nie hart, nein. Er erinnert sich nicht, sie je zornig gesehen zu haben. Er kann mit Bestimmtheit sagen, dass sie nie die Hand gegen ihn erhoben hat. Sein Bild von ihr ist unscharf, vage, trotz der vielen mit ihr verbrachten Jahre. Louises Gesicht erscheint ihm weit weg, er ist sich nicht sicher, ob er sie wiedererkennen würde, wenn er ihr heute zufällig auf der Straße begegnete. Aber an die Berührung ihrer weichen und zarten Wange, an den Duft ihres Puders, den sie morgens und abends auftrug, das Gefühl ihrer hautfarbenen Strumpfhosen an seinem Kindergesicht; an ihre seltsame Art, ihn zu küssen, indem sie manchmal mit den Zähnen an ihm knabberte, wie im plötzlichen Ungestüm ihrer Liebe, als wolle sie ihn ganz besitzen. An all das, ja, daran erinnert er sich.

Er hat auch nicht vergessen, wie gut sie backen konnte. Die Kuchen, die sie mit zur Schule brachte, und ihre Freude, wenn er sie genussvoll verschlang. Der Geschmack ihrer Tomatensoße, ihre gut gepfefferten, nur ganz kurz gebratenen Steaks, ihre Champignoncremesuppe, all das sind Erinnerungen, die er oft heraufbeschwört. Ein Kindheitsmythos aus der Zeit, bevor er Tiefkühlmahlzeiten vor dem Computer aß.

Er erinnert sich auch, oder besser, er glaubt sich zu erinnern, dass sie unendlich geduldig mit ihm war. Wenn seine Eltern ihn ins Bett brachten, ging es oft schlecht aus. Anne Rouvier, seine Mutter, verlor die Geduld, wenn Hector weinte oder darum bat, sie möge die Tür auflassen, ihm noch eine Geschichte vorlesen, ein Glas Wasser bringen, wenn er ihr schwor, er habe ein Monster gesehen, oder noch etwas zu essen wollte.

»Ich habe auch Angst vor dem Einschlafen«, gestand Louise ihm. Sie hatte Verständnis für Albträume und konnte ihm stundenlang die Schläfen streicheln und ihn mit ihren langen, nach Rosen duftenden Fingern in den Schlaf begleiten. Sie hatte ihre Arbeitgeberin überzeugt, im Kinderzimmer eine Lampe brennen zu lassen. »Es ist nicht nötig, dass er solche Ängste aussteht.«

Ja, ihr Abschied war ein Schock gewesen. Sie hatte ihm entsetzlich gefehlt, und er hasste die junge Frau, die ihr nachfolgte, eine Studentin, die ihn von der Schule abholte, mit ihm Englisch sprach und ihn, wie seine Mutter sagte, »intellektuell stimulierte«. Er nahm es Louise furchtbar übel, dass sie ihn im Stich gelassen, ihre flammenden Versprechen nicht gehalten, ihr Gelübde ewiger Zuneigung gebrochen hatte, nachdem sie ihm doch geschworen hatte, er sei ihr Ein und Alles und niemand könne ihn ersetzen. Eines Tages war sie nicht mehr da, und Hector wagte keine Fragen zu stellen. Er konnte diese Frau nicht beweinen, die ihn verlassen hatte, denn trotz seiner acht Jahre spürte er instinktiv, dass seine Liebe lächerlich war, dass man sich über ihn lustig machen würde und dass diejenigen, die ihn bemitleideten, es nicht ehrlich meinten.

Hector senkt den Kopf. Er schweigt. Seine Mutter sitzt neben ihm auf einem Stuhl und legt ihm die Hand auf die Schulter. Sie sagt: »Ist gut, mein Schatz.« Aber Anne ist nervös. Hier, im Angesicht der Polizisten, guckt sie irgendwie schuldbewusst. Sie sucht nach etwas, das sie gestehen kann, einem Fehler, den sie vor langer Zeit begangen hat und für den sie nun bezahlen soll. So war sie schon immer, unschuldig und paranoid. Sie konnte nie über eine Grenze fahren, ohne dass ihr der Schweiß ausbrach. Einmal hat sie, stocknüchtern und schwanger, in ein Alkoholteströhrchen gepustet, überzeugt, dass sie verhaftet würde. Die Hauptkommissarin, eine hübsche Frau, deren dickes braunes Haar zu einem Pferdeschwanz gebunden ist, setzt sich ihnen gegenüber auf den Tisch. Sie fragt Anne, wie sie mit Louise in Kontakt gekommen sei und was sie dazu bewogen habe, sie als Nanny für ihre Kinder zu engagieren. Anne antwortet ruhig. Sie will nur eins: die Polizistin zufriedenstellen, sie auf eine Spur bringen und, vor allem, wissen, wessen man Louise beschuldigt.

Louise sei ihr von einer Freundin empfohlen worden. Diese habe ihr nur das Beste über sie erzählt. Und sie selbst sei übrigens auch immer zufrieden gewesen mit ihrer Nanny. »Wie Sie eben gehört haben, hing Hector sehr an ihr.« Die Kommissarin lächelt dem Jugendlichen zu. Sie setzt sich wieder hinter ihren Schreibtisch, öffnet eine Akte und fragt:

»Erinnern Sie sich an einen Anruf von Madame Massé? Vor etwas mehr als einem Jahr, im Januar?«

»Madame Massé?«

»Ja, überlegen Sie mal. Luise hatte Sie als Referenz angegeben, und Myriam Massé wollte wissen, was Sie von ihr halten.«

»Das stimmt, ich erinnere mich. Ich habe ihr gesagt, Louise sei eine ausgezeichnete Nanny.«

Sie sitzen seit über zwei Stunden in diesem kühlen Raum, der ihnen keinerlei Ablenkung bietet. Das Büro ist sehr aufgeräumt. Kein Foto liegt herum. Keine Plakate hängen an den Wänden, keine Fahndungsbekanntmachungen. Die

Kommissarin unterbricht sich manchmal mitten im Satz und verlässt mit einer Entschuldigung das Dienstzimmer. Anne und ihr Sohn sehen durch die Scheibe, wie sie an ihr Handy geht, einem Kollegen etwas ins Ohr flüstert oder einen Kaffee trinkt. Sie haben keine Lust, miteinander zu sprechen, nicht mal, um sich ein wenig zu zerstreuen. Seite an Seite sitzend, weichen sie einander aus, tun so, als vergäßen sie, dass sie nicht allein sind. Sie begnügen sich mit einem Schnauben, ein paar Schritten um ihren Stuhl. Hector sieht auf sein Handy. Anne hält ihre schwarze Lederhandtasche im Arm. Die Zeit wird ihnen lang, aber sie sind zu höflich und zu ängstlich, um der Polizei gegenüber die leiseste Gereiztheit zu zeigen. Abgespannt und ergeben warten sie darauf, entlassen zu werden.

Die Hauptkommissarin druckt Dokumente aus und hält sie ihnen hin.

»Unterschreiben Sie bitte hier, und hier.«

Anne beugt sich über das Blatt und fragt, ohne den Blick zu heben, mit tonloser Stimme:

»Was hat Louise getan? Was ist passiert?«

»Sie wird beschuldigt, zwei Kinder getötet zu haben.«

Die Polizistin hat dunkle Augenringe. Geschwollene lila Tränensäcke lassen ihren Blick müde wirken und sie seltsamerweise noch hübscher aussehen.

Hector tritt hinaus auf die Straße, in die Junihitze. Die Mädchen sind schön, und er hat Lust, erwachsen zu werden, ein Mann zu sein. Seine achtzehn Jahre quälen ihn, er würde sie gern hinter sich lassen, so wie er seine Mutter vor der Tür des Kommissariats hat stehen lassen, wie betäubt, erstarrt. Ihm wird bewusst, dass er vorhin gegenüber der Polizistin nicht als Erstes Überraschung oder Bestürzung empfunden hat, sondern eine ungeheure, schmerzliche Erleichterung. Ja, sogar Triumph. Als hätte er immer schon gewusst, dass ihm eine namenlose, dämonische, unaussprechliche Gefahr drohe. Eine Gefahr, die nur er mit seinen Augen und dem Herz eines Kindes wahrnehmen konnte. Das Schicksal hatte gewollt, dass das Unglück einen anderen traf.

Die Kommissarin schien ihn zu verstehen. Vorhin hat sie sein regloses Gesicht forschend angesehen und ihm zugelächelt. So wie man Überlebenden zulächelt.

Die ganze Nacht denkt Myriam an dieses Gerippe auf dem Küchentisch. Sobald sie die Augen schließt, sieht sie das Skelett des Tieres genau hier neben sich, in ihrem Bett liegen.

Sie hat ihr Glas Wein in einem Zug geleert, die Hand auf den kleinen Tisch gestützt, und das Gerippe dabei aus den Augenwinkeln überwacht. Es widerstrebte ihr, das Ding anzufassen, die Berührung zu spüren. Sie hatte das merkwürdige Gefühl, dass dann etwas passieren könnte, dass das Tier wieder zum Leben erwachen und ihr ins Gesicht springen, sich in ihre Haare krallen, sie gegen die Wand drücken könnte. Sie hat am Wohnzimmerfenster eine Zigarette geraucht und ist zurück in die Küche gegangen. Dort hat sie ein paar Gummihandschuhe angezogen und das Skelett in den Mülleimer geworfen. Sie hat auch den Teller und das Geschirrtuch, das daneben lag, weggeworfen. So schnell es ging, hat sie die schwarzen Säcke runtergebracht und die Tür zum Müllraum hinter sich zugeknallt.

Sie ist ins Bett gegangen. Ihr Herz hat so heftig in ihrer Brust gepocht, dass sie nur mit Mühe atmen konnte. Sie hat versucht zu schlafen, dann, als sie es nicht mehr aushielt, hat sie Paul angerufen und ihm unter Tränen die Geschichte von dem Huhn erzählt. Er findet, sie übertreibt. Er lacht über dieses drittklassige Horrorfilm-Szenario. »Du wirst dich doch wohl wegen so einem Hühnerschiss nicht dermaßen aufregen?« Er will sie zum Lachen bringen, die Situation weniger ernst erscheinen lassen. Myriam legt einfach auf. Er versucht, sie zurückzurufen, aber sie geht nicht mehr ran.

Schlaflos liegt sie da, erfüllt von anklagenden Gedanken, dann von Schuldgefühlen. Zuerst überhäuft sie Louise mit Beschimpfungen. Sie sagt sich, dass sie verrückt ist. Vielleicht sogar gefährlich. Dass sie ihren Arbeitgebern gegenüber einen bösartigen Hass nährt, Rachegelüste. Myriam wirft sich vor, die Vehemenz, zu der Louise fähig ist, unterschätzt zu haben. Ihr war schon aufgefallen, dass die Nanny wegen solcher Dinge in Zorn geraten konnte. Einmal hatte Mila eine Strickjacke im Kindergarten verloren, und Louise hatte deshalb einen riesigen Aufstand gemacht. Jeden Tag sprach sie Myriam auf diese blaue Strickjacke an. Sie hatte sich geschworen, sie wiederzufinden, hatte die Kindergärtnerin behelligt, die Hausmeisterin, die Küchenfrauen. Eines Montagmorgens kam sie dazu, wie Myriam Mila gerade anzog. Die Kleine trug die blaue Strickjacke.

»Haben Sie sie wiedergefunden?«, fragte die Nanny mit überschwänglicher Begeisterung.

»Nein, ich habe nur dieselbe noch mal gekauft.«

Da war Louise ausgerastet. »Wie gut, dass ich mir solche Mühe gegeben habe, sie überall zu suchen. Und was soll das überhaupt heißen? Man lässt sich bestehlen, geht achtlos mit seinen Sachen um, aber egal, Mami kauft Mila schon eine neue Strickjacke!«

Und dann richtet Myriam ihre Vorwürfe gegen sich selbst. »Ich bin es, die zu weit gegangen ist. Das war ihre Art, mir zu sagen, dass ich verschwenderisch, leichtsinnig und unachtsam bin. Louise, die sicher Geldsorgen hat, muss es als Affront empfunden haben, dass ich dieses Huhn wegwerfe. Anstatt ihr zu helfen, habe ich sie beleidigt.«

Im Morgengrauen erwacht sie mit dem Gefühl, so gut wie nicht geschlafen zu haben. Als sie aufsteht, sieht sie sofort, dass in der Küche Licht brennt. Sie verlässt das Schlafzimmer und sieht Louise vor dem kleinen Fenster zum Hof sitzen. Die Nanny hält mit beiden Händen ihre Teetasse, die Myriam ihr zum Namenstag geschenkt hat. Ihr Gesicht schwebt in einer Dampfwolke. Louise sieht aus wie ein altes Mütterchen, ein zitterndes Gespenst im fahlen Morgen. Aus ihren Haaren und ihrem Gesicht ist jegliche Farbe gewichen. Myriam hat das Gefühl, dass Louise in letzter Zeit immer gleich angezogen ist, diese blaue Bluse, dieser Bubi-Kragen sind ihr mit einem Mal zuwider. Sie würde so gerne nicht mit ihr reden müssen. Sie würde sie gerne aus ihrem Leben verschwinden lassen, ohne eine Anstrengung, mit einer simplen Geste, einem Blinzeln. Aber Louise ist da und lächelt sie an.

Mit ihrer zarten Stimme fragt sie: »Soll ich Ihnen einen Kaffee machen? Sie sehen müde aus.« Myriam streckt die Hand aus und nimmt die heiße Tasse entgegen.

Sie denkt an den langen Tag, der sie erwartet, an dem sie einen Mann vor dem Schwurgericht verteidigen wird. Wie sie Louise so in der Küche gegenübersitzt, wird ihr die ganze Ironie der Situation bewusst. Sie, deren Kampfgeist alle bewundern, deren Mut, mit dem sie ihren Gegnern die Stirn bietet, Paul immer wieder rühmt, sie hat angesichts dieser kleinen blonden Person einen Knoten im Hals.

Manche Jugendliche träumen von Filmsets, Fußballfeldern oder gefüllten Konzertsälen. Myriam hat immer vom Schwurgericht geträumt. Schon als Studentin versuchte sie, so oft es ging, Prozessen beizuwohnen. Ihre Mutter hat nie verstanden, wie man sich so für widerliche Vergewaltigungsgeschichten begeistern kann, für die präzise, düstre und emotionslose Darlegung von Inzest oder Mord. Myriam war gerade in der Examensvorbereitung, als der Prozess gegen den Serienmörder Michel Fourniret begann, dessen Fall sie aufmerksam verfolgt hatte. Sie hatte ein Zimmer im Zentrum von Charleville-Mézières, im Norden Frankreichs, gemietet und schloss sich jeden Tag den Hausfrauen an, die kamen, um sich das Monster von Nahem anzusehen. Vor dem Gerichtsgebäude hatte man ein riesiges Zelt aufgebaut, in dem das äußerst zahlreiche Publikum an übergroßen Bildschirmen die Direktübertragung der Sitzungen verfolgen konnte. Sie hielt sich etwas abseits. Sie sprach mit niemandem. Sie fühlte sich unbehaglich, wenn diese rotgesichtigen Frauen mit ihren kurzen Haaren und ratzekurz geschnittenen Nägeln den Wagen, in dem der Angeklagte gebracht wurde, unter Beleidigungen und Spucken empfingen. Sie, die so prinzipientreu, manchmal unerbittlich war, beobachtete fasziniert dieses Schauspiel unverhohlenen Hasses, diese Rufe nach Vergeltung.

Myriam nimmt die Metro und kommt etwas zu früh beim Justizgebäude an. Sie raucht eine Zigarette und hebt mit den Fingerspitzen die rote Schnur, die ihr enormes Dossier zusammenhält. Seit über einem Monat unterstützt Myriam Pascal bei der Vorbereitung dieses Prozesses. Der vierundzwanzigjährige Angeklagte wird beschuldigt, einen Angriff auf zwei Männer aus Sri Lanka angeführt zu haben. Unter dem Einfluss von Alkohol und Kokain hat er gemeinsam mit drei Komplizen die beiden Köche zusammengeschlagen, die keine Papiere hatten, aber ansonsten keinen Ärger machten. Sie schlugen und schlugen, immer weiter, bis einer der Männer starb, schlugen, bis ihnen klar wurde, dass sie sich im Ziel geirrt hatten, dass sie einen Schwarzen für einen anderen gehalten hatten. Sie vermochten nicht zu erklären, warum. Sie konnten die Tat nicht leugnen, da die Aufzeichnung einer Überwachungskamera sie verriet.

Während der ersten Treffen hat der Mann den Anwälten sein Leben erzählt, gespickt mit Lügen und offensichtlichen Übertreibungen. Mit einem Bein lebenslänglich im Gefängnis, hatte er noch gemeint, Myriam anbaggern zu müssen. Sie tat alles, um die »richtige Distanz« zu wahren. Das ist der Begriff, den Pascal gebraucht und wovon seiner Meinung nach der Erfolg eines Mandats abhängt. Systematisch, gestützt auf Beweise, hat sie sich bemüht, Wahrheit und Lüge zu entwirren. Im Ton einer Lehrerin, mit einfachen, aber eindringlichen Worten, hat sie erklärt, dass die Lüge eine schlechte Verteidigungsstrategie sei, und er nichts mehr zu verlieren habe, indem er die Wahrheit sagte.

Für den Prozess hat sie dem jungen Mann ein neues Hemd gekauft und ihm empfohlen, auf seine geschmacklosen Späße und das spöttische Lächeln im Mundwinkel zu verzichten, das ihn wie ein Großmaul aussehen ließ. »Wir müssen beweisen, dass auch Sie ein Opfer sind.«

Myriam gelingt es, sich zu konzentrieren, und die Arbeit lässt sie ihre albtraumhafte Nacht vergessen. Sie befragt die beiden Experten, die in den Zeugenstand gerufen werden, um über die geistige Verfassung ihres Mandanten zu sprechen. Der Mann, der überlebt hat, sagt aus, unterstützt durch einen Dolmetscher. Die Aussage ist mühselig, doch die Emotion im Gerichtssaal spürbar. Der Angeklagte hält den Blick gesenkt, undurchdringlich.

In einer Verhandlungspause, während Pascal telefoniert, sitzt Myriam mit leerem Blick in einem Gang und wird von Panik erfasst. Sie hat diese Schuldengeschichte sicher zu achtlos abgetan. Aus Rücksicht oder Laxheit hat sie sich das Schreiben vom Finanzamt nicht ganz genau angesehen. Sie hätte es behalten sollen, sagt sie sich jetzt. Dutzende Male hat sie Louise aufgefordert, ihr die Unterlagen zu bringen. Louise hat anfangs gesagt, sie habe sie vergessen, sie werde am nächsten Tag daran denken. Myriam hat versucht, mehr zu erfahren. Sie hat sie zu Jacques befragt, zu diesen Schulden, die seit Jahren aufzulaufen schienen. Sie hat sie gefragt, ob Stéphanie von ihren Schwierigkeiten wusste. All diesen in sanftem und verständnisvollem Ton vorgebrachten Erkundigungen setzte Louise ein undurchdringliches Schweigen entgegen. »Sie schämt sich«, hat Myriam gedacht. Das ist ihre Art, die Grenze zwischen unseren beiden Welten aufrechtzuerhalten. Also hat sie darauf verzichtet, ihr helfen zu wollen. Sie hatte den schrecklichen Eindruck, dass ihre neugierigen Nachfragen Louises zierlichen Körper trafen wie ebenso viele Hiebe, diesen Körper, der seit einigen Tagen zu verkümmern schien, zu verblassen, zu erlöschen. In diesem düsteren Flur voll aufdringlicher Geräusche fühlt Myriam sich hilflos, übermannt von bleischwerer, abgrundtiefer Erschöpfung.

Am Morgen hat Paul sie wieder angerufen. Er zeigte sich sanft und versöhnlich. Er entschuldigte sich für seine blöde Reaktion vom Vorabend. Dafür, dass er sie nicht ernst genommen hatte. »Wir machen es so, wie du möchtest. Unter diesen Bedingungen können wir sie nicht behalten.« Und er fügte pragmatisch hinzu: »Wir warten den Sommer ab, fahren in den Urlaub, und wenn wir wiederkommen, geben wir ihr zu verstehen, dass wir sie nicht mehr wirklich brauchen.«

Myriam hat mit matter Stimme geantwortet, ohne Überzeugung. Sie denkt an die Freude der Kinder, als sie ihre Nounou nach den paar Tagen, in denen sie krank war, wiedergesehen haben. An den traurigen Blick, den Louise ihr zugeworfen hat, ihr spukhaftes Mondgesicht. Sie hört noch ihre verschwommenen und ein bisschen lächerlichen Entschuldigungen, die Scham darüber, ihre Pflicht nicht erfüllt zu haben. »Es wird nicht wieder vorkommen«, hatte sie gesagt. »Das verspreche ich Ihnen.«

Sicher, man könnte einfach einen Schlussstrich ziehen, das Ganze hier beenden. Aber Louise hat die Schlüssel zu ihrer Wohnung, sie weiß alles, sie hat sich so gründlich in ihrem Leben eingenistet, dass es jetzt unmöglich erscheint, sie daraus zu entfernen. Sie werden sie hinausdrängen, und die Nounou wird wiederkommen. Sie werden Lebewohl sagen, und Louise wird gegen die Tür hämmern, sie wird trotzdem hereinkommen, drohend, wie ein gekränkter Liebhaber.

Stéphanie

Stéphanie hatte großes Glück. Als sie in der Mittelstufe war, schlug Madame Perrin, Louises Arbeitgeberin, vor, das Mädchen an einem Pariser Gymnasium einzuschreiben, das sehr viel angesehener war als dasjenige, das sie in Bobigny erwartet hätte. Die Frau wollte damit der armen Louise etwas Gutes tun, die so hart arbeitete und es wirklich verdient hatte.

Doch Stéphanie erwies sich dieser Großzügigkeit nicht als würdig. Wenige Wochen nach ihrer Versetzung in die neunte Klasse begannen die Scherereien. Sie störte den Unterricht. Immer wieder brach sie in Gelächter aus, warf Dinge durchs Klassenzimmer und gab den Lehrern unverschämte Antworten. Die anderen Schüler fanden sie zugleich lustig und nervtötend. Sie verbarg vor Louise die Einträge ins Mitteilungsheft, ihre Verwarnungen und Vorladungen zum Schulleiter. Sie begann, den Unterricht zu schwänzen und, in einer Grünanlage im 15. Arrondissement auf eine Bank gefläzt, schon am Vormittag Joints zu rauchen.

Eines Abends rief Madame Perrin die Nanny zu sich, um ihr mitzuteilen, wie enttäuscht sie sei. Sie fühle sich betrogen. Wegen ihr, Louise, habe sie sich entsetzlich schämen müssen. Sie habe dem Direktor gegenüber das Gesicht verloren, den sie mit so viel Mühe überzeugt hatte und der ihr sehr entgegengekommen war, als er Stéphanie an der Schule aufnahm. In einer Woche sei eine Klassenkonferenz anberaumt, vor der das Mädchen und auch sie, Louise, zu erscheinen hätten. »Das ist wie eine Gerichtsverhandlung«, erklärte ihre Chefin trocken. »Es ist an Ihnen, sie zu verteidigen.«

Um 15 Uhr betraten Louise und ihre Tochter den Konferenzsaal. Es war ein runder, schlecht geheizter Raum, dessen blaue und grüne Fensterscheiben eine Art Kirchenlicht verbreiteten. Ein Dutzend Personen – Lehrer, Sozialpädagogen, Elternvertreter – saßen um einen großen Holztisch. Sie ergriffen der Reihe nach das Wort. »Stéphanie hat beträchtliche Anpassungsschwierigkeiten, sie ist undiszipliniert und frech.« »Sie ist kein bösartiges Mädchen«, fügte jemand hinzu, »aber wenn sie einmal anfängt, ist sie nicht mehr zur Vernunft zu bringen.« Sie wundern sich, dass Louise trotz des Ausmaßes dieses Desasters nie reagiert hat. Dass sie die Aufforderungen der Lehrer, zum Elterngespräch zu kommen, ignoriert hat. Man hatte sie auf ihrem Handy angerufen. Man hatte Nachrichten hinterlassen, die alle unbeantwortet blieben.

Louise hat sie angefleht, ihrer Tochter noch eine Chance zu geben. Weinend hat sie ihnen erklärt, wie sehr sie sich um ihre Kinder kümmerte, dass sie sie bestrafte, wenn sie nicht hörten. Dass sie ihnen nicht erlaubte, beim Hausaufgabenmachen fernzusehen. Sie hat ihnen gesagt, dass sie Prinzipien und viel Erfahrung in der Kindererziehung hatte. Madame Perrin hatte sie vorgewarnt, das hier war ein Gericht, und gerichtet wurde über sie. Sie, die schlechte Mutter.

Die Lehrer um den großen Tisch in diesem eiskalten Saal, in dem alle ihre Mäntel anbehalten hatten, neigten die Köpfe zur Seite. Sie wiederholten: »Wir ziehen Ihre Bemühungen nicht in Zweifel. Wir sind überzeugt, dass Sie Ihr Bestes tun.« Eine Französischlehrerin, eine zierliche und sanfte Frau, hat sie gefragt:

»Wie viele Geschwister hat Stéphanie?«

»Keine«, hat Louise geantwortet.

»Aber haben Sie nicht eben von Ihren Kindern gesprochen?«

»Ja, denen, um die ich mich kümmere. Die ich jeden Tag hüte. Und Sie können mir glauben, meine Chefin ist sehr zufrieden damit, wie ich ihre Kinder erziehe.«

Sie wurden aufgefordert, den Raum zu verlassen, damit das Gremium sich beraten könne. Louise ist aufgestanden und hat ein Lächeln aufgesetzt, von dem sie meinte, es sei das einer Frau von Welt. Im Flur des Gymnasiums, mit Blick auf die Basketballfelder, hat Stéphanie weiter albern gekichert. Sie war zu rundlich, zu groß, zu lächerlich mit ihrem hohen Pferdeschwanz. Sie trug bedruckte Leggins, in denen ihre Schenkel riesig wirkten. Die ernste Atmosphäre der Versammlung schien sie nicht eingeschüchtert, sondern nur gelangweilt zu haben. Sie hatte keine Angst gehabt, im Gegenteil, sie hatte abgeklärt gelächelt, als wären die Lehrer in ihren altmodischen Mohair-Pullis und Oma-Schals nichts als schlechte Schauspieler.

Kaum hatte sie den Konferenzraum verlassen, war sie wieder bestens gelaunt und ganz das faule Großmaul. Im Flur schnappte sie sich ihre Klassenkameraden, die gerade aus dem Unterricht kamen, sprang herum und flüsterte einem schüchternen Mädchen etwas ins Ohr, das sich daraufhin das Lachen verkniff. Louise hatte Lust, sie zu ohrfeigen, sie mit aller Kraft zu schütteln. Sie hätte ihr gern begreiflich gemacht, wie viel Mühe und Erniedrigungen es sie kostete, eine Tochter wie sie großzuziehen. Sie hätte dem Mädchen ihren Schweiß und ihre Ängste unter die Nase reiben, ihm seine blödsinnige Unbekümmertheit aus der Brust reißen mögen. In tausend Stücke zerschlagen, was ihm noch an Kindheit geblieben war.

In diesem lärmigen Flur unterdrückte Louise ihr Zittern. Sie begnügte sich damit, Stéphanie zum Schweigen zu bringen, indem sie die Finger immer fester um den fleischigen Arm ihrer Tochter schloss.

»Sie können wieder hereinkommen.«

Der Klassenlehrer hat seinen Kopf durch die Tür gestreckt und ihnen bedeutet, ihre Plätze wieder einzunehmen. Sie hatten kaum zehn Minuten für ihre Beratung gebraucht, aber Louise hatte nicht verstanden, dass das ein schlechtes Zeichen war.

Sobald Mutter und Tochter wieder saßen, ergriff der Klassenlehrer das Wort. Stephanie, so erklärte er, sei ein Störenfried, den keiner von ihnen zu bändigen vermochte. Was sie auch versucht hätten, welche pädagogischen Methoden sie auch angewandt hätten, nichts habe geholfen. Sie hätten alle Möglichkeiten ausgeschöpft. Sie trügen Verantwortung und könnten nicht zulassen, dass die ganze Klasse unter Stéphanies Verhalten litt. »Vielleicht«, fügt der Lehrer hinzu, »kann sie sich in einem Viertel in Ihrer Nähe besser entfalten. In einem Umfeld, das zu ihr passt, in dem sie sich eher wiederfindet. Verstehen Sie?«

Es war März. Der Winter war noch immer nicht vorbei.

Man hatte das Gefühl, es werde ewig kalt bleiben. »Wenn Sie Hilfe mit den administrativen Dingen brauchen, da gibt es Leute«, ermutigte sie die Orientierungslehrerin. Louise verstand nicht. Stéphanie war von der Schule verwiesen worden.

Im Bus nach Hause ist Louise stumm geblieben. Stéphanie gluckste, sie sah aus dem Fenster, die Kopfhörer in den Ohren. Sie sind die graue Straße zurückgegangen, die zu Jacques' Haus führte. Sie sind am Markt vorbeigekommen, und Stéphanie ist langsamer geworden, um sich die Waren anzusehen. In Louise wallte Hass gegen ihre Ungeniertheit, ihren jugendlichen Egoismus auf. Sie packte sie am Ärmel und zog sie mit unglaublicher Vehemenz und Grobheit fort. Ein immer schwärzerer und brennenderer Zorn erfüllte sie. Sie hatte Lust, ihre Nägel in die schlaffe Haut ihrer Tochter zu graben.

Sie hat das Gartentor geöffnet, und kaum hatte sie es wieder hinter ihnen geschlossen, begann sie auf Stéphanie einzuprügeln. Erst hat sie sie auf den Rücken geschlagen, heftige Fausthiebe, die ihre Tochter zu Boden warfen. Die Jugendliche schrie, zusammengekauert. Louise schlug weiter. Ihre ganze Riesenkraft entfesselte sich, und ihre winzigen Hände bedeckten Stéphanies Gesicht mit peitschenden Ohrfeigen. Sie zog sie an den Haaren, zwang ihre Arme auseinander, die sich ihre Tochter schützend um den Kopf geschlungen hatte. Sie hieb ihr auf die Augen, beschimpfte sie, kratzte sie bis aufs Blut. Als Stéphanie sich nicht mehr regte, spuckte Louise ihr ins Gesicht.

Jacques hat Geräusche gehört und ist ans Fenster getreten. Er hat zugesehen, wie Louise ihrer Tochter eine Abreibung verpasste, ohne dazwischenzugehen.

Das Schweigen und die Missverständnisse haben alles infiziert. Die Atmosphäre in der Wohnung ist drückend. Myriam versucht es die Kinder nicht merken zu lassen, aber sie ist Louise gegenüber sehr distanziert. Sie spricht nur das Nötigste mit ihr, gibt ihr präzise Anweisungen. Sie befolgt Pauls Ratschläge, der ihr immer wieder sagt: »Sie ist unsere Angestellte, nicht unsere Freundin.«

Sie trinken keinen Tee mehr zusammen in der Küche, Myriam am Tisch, Louise an die Arbeitsplatte gelehnt. Myriam hat keine freundlichen Worte mehr für sie übrig: »Louise, Sie sind ein Engel« oder »Eine wie Sie gibt es nicht noch mal«. Sie schlägt freitagabends nicht mehr vor, gemeinsam den Rosé zu leeren, der noch im Kühlschrank liegt. »Die Kinder schauen einen Film, da können wir uns auch mal ein kleines Vergnügen gönnen«, sagte Myriam dann immer. Wenn jetzt eine von ihnen die Tür öffnet, schließt die andere sie sogleich hinter sich. Dank einer geschickt vollführten Ausweich-Choreographie befinden sie sich immer seltener zusammen im selben Raum.

Dann bricht der Frühling aus, unverhofft und voller Überschwang. Die Tage werden länger, und die Bäume tragen erste Knospen. Das schöne Wetter fegt die Gewohnheiten hinweg, treibt Louise mit den Kindern aus dem Haus und in die Parks. Eines Abends fragt sie Myriam, ob sie früher Schluss machen könne. »Ich bin verabredet«, erklärt sie mit bewegter Stimme.

Sie trifft Hervé in dem Viertel, in dem er arbeitet, und sie gehen zusammen ins Kino. Hervé hätte lieber draußen gesessen und etwas getrunken, aber Louise ließ sich nicht umstimmen. Der Film hat ihr übrigens so gefallen, dass sie ihn in der kommenden Woche noch mal ansehen. Im Kinosaal döst Hervé neben Louise diskret vor sich hin.

Schließlich willigt sie ein, auf der Terrasse eines Pubs bei den Grands Boulevards etwas trinken zu gehen. Hervé ist ein glücklicher Mann, denkt sie. Lächelnd redet er von seinen Plänen. Von den Ferien, die sie gemeinsam in den Vogesen verbringen könnten. Sie würden nackt in Seen baden und in einer Berghütte übernachten, dessen Besitzer er kennt. Und sie würden die ganze Zeit Musik hören. Er würde ihr seine Plattensammlung vorführen. Er ist sich sicher, dass sie schnell daran Gefallen finden wird. Hervé möchte in Rente gehen. Er hatte nicht vor, diese Jahre wohlverdienter Erholung allein zu genießen. Er ist vor mittlerweile fünfzehn Jahren geschieden worden, hat keine Kinder, und die Einsamkeit setzt ihm zu.

Hervé muss sämtliche Taktiken aufbieten, ehe Louise eines Abends endlich bereit ist, ihn nach Hause zu begleiten. Er erwartet sie im Paradis, dem Café vor dem Haus der Massés. Sie nehmen die Metro, und Hervé legt seine rote Hand auf Louises Knie. Während sie ihm zuhört, bleibt ihr Blick auf diese Männerhand geheftet, diese Hand, die sich niederlässt, die den Anfang macht, die mehr wollen wird. Diese diskrete Hand, die ihr Spiel geschickt verbirgt.

Sie lieben sich unbeholfen, er auf ihr, sein Kinn stößt manchmal gegen ihres. Er liegt auf ihr und röchelt, aber sie weiß nicht, ob vor Lust oder weil seine Gelenke ihm wehtun und sie ihm nicht hilft. Hervé ist so klein, dass sie seine Fußknöchel an ihren spürt. Seine dicken Knöchel, seine haarigen Füße, und diese Berührung erscheint ihr noch ungehöriger, noch aufdringlicher als das Glied des Mannes in ihr. Jacques war dagegen so groß, und er machte Liebe, wie man eine Strafe erteilt, voller Ingrimm. Nach diesem Liebesakt war Hervé erleichtert, von einem Gewicht befreit, und er gab sich ungezwungener.

Und dort in Hervés Bett, in seiner Sozialwohnung an der Porte de Saint-Ouen, neben sich den schlafenden Mann, hat sie an ein Baby gedacht. Ein winziges, frisch geborenes Baby, das ganz umhüllt ist vom warmen Duft des beginnenden Lebens. Ein der Liebe anheimgegebenes Baby, dem sie Strampelhöschen in Pastelltönen anziehen und das sie aus ihren Armen in Myriams und dann in Pauls weiterreichen würde. Ein Neugeborenes, das sie alle wieder eng zusammenrücken ließe und sie in einer gemeinsamen Woge der Zärtlichkeit verbinden würde. Das die Missverständnisse und Streitigkeiten auslöschen und den Gewohnheiten wieder Sinn geben würde. Sie würde dieses Baby stundenlang auf ihren Knien wiegen, in einem kleinen, kaum von einer Nachtlampe erhellten Zimmer, um die Boote und Inseln kreisten. Sie würde seinen kahlen Schädel streicheln und ihm vorsichtig ihren kleinen Finger in den Mund schieben. Das Kind würde aufhören zu schreien und mit seinem zahnlosen Kiefer an ihrem lackierten Nagel nuckeln.

Am nächsten Tag macht sie Pauls und Myriams Bett mit besonderer Sorgfalt. Sie streicht die Laken glatt. Sie sucht eine Spur ihrer Umarmungen, eine Spur des Kindes, von dem sie inzwischen sicher ist, dass es kommen wird. Sie fragt Mila, ob sie gern ein Brüderchen oder Schwesterchen hätte. »Ein Baby, um das wir uns gemeinsam kümmern würden, was hältst du davon?« Louise hofft, dass Mila ihrer Mutter davon erzählt, dass sie ihr diese Idee eingibt, die sich dann ihren Weg bahnen und sich in ihr festsetzen wird. Und eines Tages fragt das kleine Mädchen Myriam unter Louises entzücktem Blick, ob sie ein Baby im Bauch hat. »O nein, lieber würde ich sterben«, antwortet Myriam lachend.

Louise findet das schlimm. Sie versteht Myriams Lachen nicht und die Leichtfertigkeit, mit der sie das Thema behandelt. Ganz sicher sagt Myriam das, um das Schicksal nicht herauszufordern. Sie spielt die Gleichgültige, denkt aber trotzdem daran. Im September kommt Adam auch in den Kindergarten, dann wird die Wohnung leer sein, Louise wird nichts mehr zu tun haben. Es muss wohl noch ein Kind kommen, um die langen Wintertage auszufüllen.

Louise hört die Gespräche. Die Wohnung ist klein, sie macht es nicht mit Absicht, aber sie weiß am Ende alles. Nur dass Myriam in letzter Zeit leiser spricht. Sie schließt die Tür hinter sich, wenn sie telefoniert. Sie flüstert, die Lippen über Pauls Schulter. Sie scheinen Geheimnisse zu haben.

Louise spricht mit Wafa über dieses Kind, das geboren werden wird. Über die Freude, die es ihr bringen wird und die zusätzliche Arbeit. »Mit drei Kindern können sie nicht mehr auf mich verzichten.« In manchen Momenten ist

Louise richtig euphorisch. Sie hat die flüchtige, verschwommene Vorahnung eines Lebens, das weiter werden wird, von größeren Räumen, einer reineren Liebe, unersättlichen Gelüsten. Sie denkt an den nahen Sommer, an die Ferien mit der Familie. Sie stellt sich den Geruch umgepflügter Erde und verwitternder Olivenkerne am Straßenrand vor. Das Blätterdach der Obstbäume im Mondschein, und nichts, was man zu tragen, zu bedecken, zu verbergen hätte.

Sie fängt wieder an zu kochen, nachdem ihre Gerichte in den letzten Wochen beinahe ungenießbar geworden sind. Für Myriam macht sie Milchreis mit Zimt, würzige Suppen und alle möglichen Speisen, die der Fruchtbarkeit zuträglich sein sollen. Mit Argusaugen beobachtet sie den Körper der jungen Frau. Forschend betrachtet sie ihren strahlenden Teint, die vollen Brüste, das glänzende Haar, alles Anzeichen einer Schwangerschaft, wie sie meint.

Die Wäsche besorgt sie mit der Andacht einer Priesterin oder einer Voodoo-Zauberin. Sie leert wie immer die Waschmaschine. Sie hängt Pauls Unterhosen auf. Die feineren Dessous wäscht sie lieber mit der Hand im Küchenwaschbecken, spült unter kaltem Wasser Myriams Höschen, ihre Büstenhalter aus Seide oder Spitze. Sie spricht Gebete.

Doch Louise wird immerzu enttäuscht. Es ist nicht nötig, im Mülleimer zu wühlen. Ihr entgeht nichts. Sie hat den Fleck in der zusammengeknüllten Pyjamahose am Fußende des Bettes, auf Myriams Seite, gesehen. Auf dem Badezimmerboden hat sie am Morgen einen winzigen Blutstropfen bemerkt. Einen so winzig kleinen Tropfen, dass Myriam ihn nicht weggewischt hat und er auf den grün-weißen Fliesen getrocknet ist.

Das Blut kommt immer wieder, sie kennt seinen Geruch, dieses Blut, das Myriam nicht vor ihr verbergen kann und das jeden Monat den Tod eines Kindes besiegelt.

Tage tiefster Niedergeschlagenheit folgen auf die Euphorie. Die Welt scheint zu schrumpfen, sich zusammenzuziehen, mit einem erdrückenden Gewicht auf ihrem Körper zu lasten. Paul und Myriam verbannen sie hinter Türen, die sie am liebsten einschlagen würde. Sie hat nur einen Wunsch: Teil ihres Lebens zu sein, ihren Platz zu finden, sich dort einzunisten, eine Nische zu graben, einen Bau, ein warmes Eckchen. Manchmal fühlt sie sich bereit, ihr Stück Land einzufordern, dann wieder verlässt sie alle Energie, Kummer erfasst sie, und sie schämt sich, auch nur an irgendetwas geglaubt zu haben.

Eines Donnerstagabends kommt Louise gegen 20 Uhr nach Hause. Ihr Vermieter erwartet sie im Flur. Er steht unter der kaputten Glühbirne. »Ah, da sind Sie ja.« Bertrand Alizard stürzt sich fast auf sie. Er richtet das Display seines Handys auf Louises Gesicht, die sich die Hand vor die Augen hält. »Ich habe auf Sie gewartet. Ich war schon ein paarmal hier, abends oder am Nachmittag. Doch ich habe Sie nie angetroffen.« Er spricht mit einschmeichelnder Stimme, den Oberkörper zu Louise vorgereckt, so als wolle er sie berühren, ihren Arm nehmen, ihr etwas ins Ohr flüstern. Er glotzt sie aus seinen verklebten Augen an, wimpernlosen Augen, die er reibt, nachdem er seine an einer Schnur hängende Brille abgenommen hat.

Sie öffnet die Wohnungstür, lässt ihn herein. Bertrand Alizard trägt eine zu weite beige Hose, und als Louise den Mann von hinten betrachtet, fällt ihr auf, dass der Gürtel zwei Schlaufen verfehlt hat und die Hose an der Taille und unter dem Hintern herabhängt. Man könnte meinen, ein gebeugter, schwächlicher Greis, der einem Riesen die Kleider gestohlen hat. Alles an ihm wirkt harmlos, sein nackter Schädel, die faltigen, mit Sommersprossen bedeckten Wangen, die bebenden Schultern, alles, außer seinen spröden, übergroßen Händen mit Nägeln, dick wie Fossilien, Metzgerhände, die er reibt, um sie aufzuwärmen.

Schritt für Schritt dringt er in die Wohnung vor, als würde er diesen Ort zum ersten Mal erkunden. Er inspiziert die Wände, fährt mit dem Finger über die blitzsauberen Fußleisten. Er fasst alles mit seinen schwieligen Händen an, streicht über den Sofaschonbezug, führt die Handfläche über den Resopaltisch. Das Appartement kommt ihm leer vor, unbewohnt. Er hätte seiner Mieterin gern Vorhaltungen gemacht, ihr gesagt, dass sie, außer dass sie nicht pünktlich zahle, auch noch die Wohnung verkommen lasse. Aber das Zimmer sieht exakt so aus, wie er es hinterlassen hat, an dem Tag, als sie es zum ersten Mal besichtigt hat.

Die Hand auf eine Stuhllehne gestützt, steht er da, sieht Louise an und wartet. Er starrt sie an mit seinen gelben Augen, die nicht mehr viel sehen, doch die er auf keinen Fall niederschlagen will. Er wartet darauf, dass sie etwas sagt. Dass sie in ihrer Tasche kramt, um das Geld für die Miete herauszuholen. Er wartet darauf, dass sie den ersten Schritt macht, sich entschuldigt, weil sie weder auf seine

Briefe noch auf die Nachrichten geantwortet hat, die er ihr hinterlassen hatte. Aber Louise sagt nichts. Sie bleibt an der Tür stehen, wie diese kleinen, ängstlichen Hunde, die beißen, wenn man sie besänftigen möchte.

»Wie ich sehe, haben Sie schon mit Packen begonnen. Das ist gut.« Alizard deutet mit seinem dicken Finger auf die paar Umzugskisten neben dem Eingang. »Der nächste Mieter kommt in einem Monat.«

Er macht ein paar Schritte und schiebt lasch die Tür der Duschkabine auf. Die Porzellanwanne ist quasi im Fußboden versunken, die morschen Bretter darunter haben nachgegeben.

»Was ist denn hier los?«

Der Wohnungsbesitzer geht in die Hocke. Er murmelt etwas, zieht seine Jacke aus, die er auf den Boden legt, und setzt die Brille auf. Louise steht hinter ihm.

Monsieur Alizard dreht sich um und wiederholt mit lauter Stimme:

»Ich frage Sie, was hier los ist!«

Louise zuckt zusammen.

»Ich weiß nicht. Das ist vor ein paar Tagen passiert. Die Installation ist alt, glaube ich.«

»Ganz und gar nicht. Ich habe die Duschkabine selbst eingebaut. Sie sollten sich glücklich schätzen. Früher hat man sich auf dem Gang gewaschen. Ich, ganz allein, habe die Dusche hier angebracht.«

»Sie ist eingebrochen.«

»Das ist ganz offensichtlich ein Instandhaltungsfehler. Sie glauben ja wohl nicht, dass die Reparatur auf meine Kosten geht, wenn Sie hier die Dusche vergammeln lassen.«

Louise sieht ihn an, und Monsieur Alizard vermag nicht zu sagen, was dieser verschlossene Blick und dieses Schweigen zu bedeuten haben.

»Warum haben Sie mich denn nicht angerufen? Seit wann hausen Sie hier so?« Monsieur Alizard hockt sich erneut hin, die Stirn schweißbedeckt.

Louise sagt ihm nicht, dass diese Bleibe nichts als ein Unterschlupf ist, ein Rückzugsort, an dem sie ihre Erschöpfung verbirgt. Dass sie eigentlich woanders lebt. Jeden Tag duscht sie in Myriams und Pauls Wohnung. Sie zieht sich in deren Schlafzimmer aus und legt ihre Kleidung sorgfältig auf das Bett des Paares. Dann durchquert sie nackt das Wohnzimmer, um ins Bad zu gelangen. Adam sitzt auf dem Boden, sie geht an ihm vorbei. Sie betrachtet das brabbelnde Kind und weiß, dass es ihr Geheimnis nicht verraten wird. Es wird nichts über Louises Körper sagen, seine statuenhafte Blässe, die perlmutternen Brüste, die so selten die Sonne gespürt haben.

Sie schließt die Badezimmertür nicht, damit sie das Kind hören kann. Sie dreht das Wasser auf und verharrt lange, so lange sie kann, reglos unter dem heißen Strahl. Danach zieht sie sich nicht sofort wieder an. Sie taucht die Finger in die Cremetöpfe, die Myriam hortet, und reibt ihre Waden, ihre Schenkel, ihre Arme ein. Dann geht sie barfuß durch die Wohnung, in ein weißes Handtuch gewickelt. Ihr Handtuch, das sie jeden Tag unter einem Stapel im Schrank versteckt. Ihr eigenes Handtuch.

»Sie haben festgestellt, dass etwas kaputt ist, und nichts unternommen? Möchten Sie lieber leben wie eine Roma?«

Dieses Einzimmerappartement in der Banlieu hat er aus

reiner Sentimentalität behalten. Vor der Dusche kniend, trägt Alizard ziemlich dick auf. Er schnauft theatralisch, greift sich an die Stirn. Er befühlt den schwarzen Schimmel mit den Fingerspitzen und schüttelt den Kopf, als könne er als Einziger das ganze Ausmaß des Schadens ermessen. Laut überschlägt er den Preis für die Reparatur. »Das wird so um die achthundert Euro kosten. Mindestens.« Er lässt den versierten Heimwerker heraushängen, wirft mit technischem Vokabular um sich, behauptet, er werde mehr als zwei Wochen brauchen, um dieses Desaster in Ordnung zu bringen. Er versucht, die kleine blonde Frau zu beeindrucken, die noch immer nichts sagt.

»Die ruht sich auf ihrer Kaution aus«, denkt er. Er hatte damals darauf bestanden, dass sie zwei Monatsmieten als Garantie hinterlegte. »Es tut mir leid, das zu sagen, aber man kann den Leuten einfach nicht trauen.« Seit er sich erinnern kann, hat er als Eigentümer diese Summe noch nie zurückzahlen müssen. Niemand ist vorsichtig genug: Etwas findet man immer, einen Mangel, einen Fleck irgendwo, einen Kratzer.

Alizard hat Geschäftssinn. Dreißig Jahre lang hat er einen Lkw zwischen Frankreich und Polen hin- und hergefahren. Er schlief in seinem Führerhaus, aß kaum etwas, widerstand jeglicher Versuchung. Er schummelte mit seinen Ruhezeiten, tröstete sich über alle Entbehrungen hinweg, indem er ausrechnete, wie viel Geld er nicht ausgegeben hatte, zufrieden mit sich selbst, weil er fähig war, solche Opfer zu bringen in Erwartung künftigen Reichtums.

Jahr um Jahr hat er Einzimmerappartements in Pariser Vororten gekauft und sie renoviert. Er vermietet sie zu exorbitanten Preisen an Leute, die keine andere Wahl haben.

Am Ende jedes Monats macht er seine Runde, um die Mieten einzutreiben. Er steckt den Kopf durch den Türrahmen, manchmal drängt er sich auf, tritt ein, um »einen kurzen Blick hineinzuwerfen« und »sich zu vergewissern, dass alles in Ordnung ist«. Er stellt indiskrete Fragen, auf die seine Mieter widerwillig Antwort geben, während sie im Stillen beten, er möge aus ihrer Küche verschwinden und die Nase aus ihrem Schrank nehmen. Aber er bleibt, und schließlich bietet man ihm etwas zu trinken an, was er gern annimmt und woran er gemächlich nippt. Dabei redet er über seine Rückenschmerzen – »dreißig Jahre Lastwagenfahren, das macht einen kaputt« –, er unterhält sich ein bisschen.

Er vermietet gern an Frauen, die, wie er findet, pfleglicher mit allem umgehen und weniger Ärger machen. Am liebsten an Studentinnen, alleinerziehende Mütter, Geschiedene, aber keine Alten, die sich einnisten und nichts mehr bezahlen, weil sie das Gesetz auf ihrer Seite wissen. Und dann ist Louise gekommen mit ihrem traurigen Lächeln, ihren blonden Haaren, die so verloren wirkte. Eine ehemalige Mieterin hatte sie ihm empfohlen, eine Schwester aus dem Henri-Mondor, die immer pünktlich bezahlt hatte.

Verflixte Sentimentalität. Diese Louise hatte niemanden. Keine Kinder, ihr Mann war tot und begraben. Da stand sie bei der Besichtigung vor ihm, ein Bündel Geldscheine in der Hand, und er fand sie hübsch, elegant in ihrer Bluse mit Bubi-Kragen. Sie sah ihn fügsam an, voller Dankbarkeit. Sie flüsterte: »Ich war sehr krank«, und in diesem Moment drängte es ihn, ihr Fragen zu stellen, zu erfahren, was sie seit dem Tod ihres Mannes gemacht hatte, woher sie kam und welche Krankheit sie gehabt hatte. Aber sie ließ ihm keine Zeit dazu. Sie sagte: »Ich habe gerade eine Arbeitsstelle gefunden, in Paris, bei einer sehr anständigen Familie.« Und damit war das Gespräch beendet.

Inzwischen möchte Bertrand Alizard diese stumme und nachlässige Mieterin nur noch loswerden. Er erträgt ihre Entschuldigungen nicht mehr, ihre ausweichende Art, ihre schlechte Zahlungsmoral. Er weiß nicht, warum, aber wenn er Louise sieht, überläuft es ihn kalt. Irgendetwas an ihr ist ihm zuwider; diese unergründliche Miene, die übertriebene Schminke oder wie sie ihn von oben herab ansieht und die Zähne nicht auseinanderbekommt. Nicht ein einziges Mal hat sie sein Lächeln erwidert. Nicht ein Mal hat sie es für nötig befunden, zu bemerken, dass er eine neue Jacke anhatte und seine traurige rote Haartolle zur Seite gekämmt hatte.

Alizard geht zum Waschbecken. Er wäscht sich die Hände und sagt: »Ich komme in einer Woche mit dem Material und einem Handwerker wieder wegen der Reparatur. Sie sollten Ihre Kartons fertig packen.«

Louise geht mit den Kindern spazieren. Sie verbringen lange Nachmittage in dem kleinen Park, wo die Bäume beschnitten wurden und der endlich wieder grüne Rasen die Studenten des Viertels zum Herumlümmeln einlädt. An den Spielgeräten freuen sich die Kinder, einander wiederzusehen, auch wenn die meisten von ihnen die Namen der anderen nicht kennen. Für sie zählt nur diese neue Verkleidung, das brandneue Spielzeug, der Minikinderwagen, in den ein kleines Mädchen seine Puppe gepackt hat.

Louise hat nur eine Freundin im Viertel. Außer mit Wafa spricht sie mit niemandem. Sie beschränkt sich auf ein freundliches Lächeln, ein diskretes Handzeichen. Als sie gekommen ist, blieben die anderen Nannys auf Distanz. Louise spielte die Anstandsdame, die Prinzipalin oder das englische Kindermädchen. Ihren Kolleginnen missfiel ihre hochmütige Art und ihr lächerliches Benehmen einer Dame von Welt. Man fand sie schulmeisterlich, weil sie nicht so taktvoll war wegzusehen, wenn manche Nannys mit dem Handy am Ohr vergaßen, ihren Schützlingen beim Überqueren der Straße die Hand zu geben. Sie schimpfte sogar demonstrativ mit unbeaufsichtigten Knirpsen, die anderen das Spielzeug wegnahmen oder von einem Geländer fielen. Die Monate waren vergangen, und die Nannys, die Stunde um Stunde auf ihren Bänken zubrachten, hatten sich schließlich näher kennengelernt, fast ohne es zu wollen, wie Kolleginnen in einem Büro unter freiem Himmel. Sie sehen sich jeden Tag nach dem Kindergarten, begegnen sich im Supermarkt, beim Kinderarzt oder auf dem Spielplatz. Louise hat einige Namen oder Herkunftsländer behalten. Sie weiß, in welchen Häusern sie arbeiten und welchen Beruf ihre Dienstherren ausüben. Auf der Bank unter dem halb erblühten Rosenbusch lauscht sie den endlosen Telefongesprächen, die die Frauen führen, während sie an den Resten eines Schokokekses knabbern.

Um die Rutsche und den Sandkasten hört man Fetzen von Baoulé, Dioula, Arabisch und Hindi, philippinische oder russische Koseworte. Sprachen vom Ende der Welt kontaminieren das Gebrabbel der Kleinen, sie schnappen Brocken davon auf, die ihre Eltern sie begeistert wiederholen lassen. »Wirklich, er spricht Arabisch, hör doch nur!« Im Lauf der Jahre vergessen die Kinder schließlich, und während das Gesicht und die Stimme der Nounou verblassen, erinnert sich bald niemand in der Familie mehr daran, wie »Mama« auf Lingála heißt oder dieses exotische Essen, das die freundliche Nanny immer zubereitet hat. »Dieses Ragout, wie hat sie das noch gleich genannt?«

Um die Kinder, die sich alle ähneln und die oft dieselben Sachen aus denselben Läden tragen, auf deren Etikette die Mütter sorgfältig ihre Namen geschrieben haben, um jegliche Verwechslung zu vermeiden, wuselt dieser Schwarm von Frauen. Da sind die jungen, schwarz verschleierten Mädchen, die noch pünktlicher, noch freundlicher, noch sauberer als alle anderen sein müssen. Es gibt diejenigen, die jede Woche die Perücke wechseln. Die Filipinas, die die Kinder auf Englisch anflehen, nicht in die Pfützen zu springen. Es gibt die Altgedienten, die das Viertel seit Jahren kennen, die Leiterin des Kindergartens duzen und, wenn sie auf der Straße Jugendlichen begegnen, die sie einst großgezogen haben, sich einreden, diese hätten sie erkannt und nur aus Schüchternheit nicht guten Tag gesagt. Es gibt die Neuen, die ein paar Monate arbeiten und dann verschwinden, ohne sich zu verabschieden, und hinter sich ein Lauffeuer an Gerüchten und Verdächtigungen entfachen.

Über Louise wissen die Nannys wenig. Selbst Wafa, die sie doch zu kennen scheint, hält sich bedeckt über das Leben ihrer Freundin. Sie haben schon versucht, sie auszufragen. Die weiße Nanny lässt ihnen keine Ruhe. Wie oft schon haben die Eltern sie als Maßstab herangezogen, ihre Kochkünste und allzeitige Verfügbarkeit gerühmt und das bedingungslose Vertrauen angeführt, das Myriam in sie setzt? Sie fragen sich, wer diese so zierliche und so perfekte Frau sein mag. Bei wem hat sie gearbeitet, ehe sie hierherkam? In welchem Stadtviertel? Ist sie verheiratet? Hat sie Kinder, die sie am Abend nach der Arbeit wiedersieht? Behandeln ihre Chefs sie gut?

Louise antwortet nicht oder kaum, und die Nannys verstehen dieses Schweigen. Sie alle haben Geheimnisse, die man mit niemandem teilen kann. Sie verbergen entsetzliche Erinnerungen an unterwürfige Momente, Demütigungen, Lügen. Erinnerungen an Stimmen, die am anderen Ende der Leitung kaum zu hören sind, an Gespräche, die unterbrochen werden, Leute, die sterben, ehe man sie wiedersehen konnte, an täglich eingefordertes Geld für ein krankes Kind, das dich nicht mehr erkennt und den Klang deiner Stimme vergessen hat. Einige, weiß Louise, haben gestohlen, Kleinigkeiten, fast nichts, wie eine Steuer, die sie auf das Glück der anderen erheben. Einige verheimlichen ihren wahren Namen. Es würden ihnen niemals einfallen, Louise ihre Reserviertheit zu verübeln. Sie nehmen sich in Acht, das ist alles.

Auf dem Spielplatz redet man nicht viel über sich, oder wenn, dann nur andeutungsweise. Man möchte nicht, dass die Tränen hochkommen. Die Dienstherren bieten genug Stoff für lebhafte Gespräche. Die Nannys lachen über ihre Marotten, ihre Gewohnheiten und ihren Lebensstil. Wafas Chefs sind knauserig, Albas entsetzlich misstrauisch. Die Mutter des kleinen Jules hat ein Alkoholproblem. Die meisten von ihnen, so klagen sie, lassen sich von ihren Kindern manipulieren, die sie sehr selten sehen und denen sie deswegen immerzu nachgeben. Rosalia, eine Filipina mit sehr dunkler Haut, raucht eine Zigarette nach der anderen. »Letztes Mal hat meine Chefin mich auf der Straße erwischt. Ich weiß, dass sie mich überwacht.«

Während die Kinder über den Kies rennen und im Sand buddeln, den das Bezirksamt jüngst von Ratten gesäubert hat, machen die Frauen aus der Grünanlage zugleich eine Personalagentur und ein Gewerkschaftsbüro, eine Beschwerdestelle und eine Kleinanzeigenbörse. Hier kursieren Jobangebote, und Streitigkeiten zwischen Arbeitgebern und Arbeitnehmern werden verhandelt. Die Frauen beschweren sich bei Lydie, der selbst ernannten Vorsitzenden, einer großen fünfzigjährigen Afrikanerin von der Elfenbeinküste, die unechte Pelzmäntel trägt und sich mit dem Kajalstift feine rote Augenbrauen malt.

Um 18 Uhr besetzen Gruppen von Jugendlichen den kleinen Park. Man kennt sie. Sie kommen aus der Rue de Dunkerque, von der Gare du Nord, man weiß, dass sie in der Umgebung des Spielplatzes kaputte Pfeifen liegen lassen, dass sie in die Blumenkästen pinkeln, dass sie Streit suchen. Wenn die Nannys sie kommen sehen, sammeln sie rasch die herumliegenden Mäntel ein, die mit Sand bedeckten Baggerlader, hängen ihre Handtaschen über die Kinderwagengriffe und gehen.

Die Prozession passiert das schmiedeeiserne Tor, und die Frauen trennen sich, die einen gehen Richtung Montmartre oder Notre-Dame-de-Lorette, die anderen, wie Louise und Lydie, schlagen den Weg zu den Grands Boulevards ein. Sie laufen Seite an Seite. Louise hält Mila und Adam an der Hand. Wenn der Bürgersteig zu schmal ist, lässt sie Lydie vorgehen, die einen Säugling in einem Kinderwagen vor sich her schiebt.

»Gestern ist eine schwangere junge Frau da gewesen. Sie bekommt im August Zwillinge«, erzählt Lydie.

Jeder weiß, dass bestimmte Mütter, die cleversten und gewissenhaftesten, hierher »auf den Markt« kommen, so wie man früher zu den Docks oder in eine Seitenstraße ging, um ein Dienstmädchen oder einen Lagerhalter zu finden. Die Mütter streifen zwischen den Bänken umher, sie beobachten die Nannys, sehen forschend in die Gesichter der Kinder, wenn sie sich zwischen die Schenkel dieser Frauen flüchten, die ihnen energisch die Nase putzen oder sie nach einem Sturz trösten. Manchmal stellen sie Fragen. Sie ziehen Erkundigungen ein.

»Sie wohnt in der Rue des Martyrs, Ende August ist der Geburtstermin. Da sie jemanden sucht, habe ich an dich gedacht«, schließt Lydie.

Louise sieht sie aus ihren Puppenaugen an. Sie hört Lydies Stimme, weit entfernt, sie hört sie in ihrem Schädel widerhallen, ohne dass die Wörter sich voneinander absetzen und irgendein Sinn sich aus diesem Magma herausschälen würde. Sie bückt sich, nimmt Adam auf den Arm und packt Mila unter der Achsel. Lydie hebt die Stimme, sie wiederholt etwas, vielleicht denkt sie, dass Louise sie nicht gehört hat, dass sie zerstreut ist, ganz mit den Kindern beschäftigt.

»Also, was meinst du? Soll ich ihr deine Nummer geben?«

Louise antwortet nicht. Sie schießt los, rücksichtslos, stumpf. Sie schneidet Lydie den Weg ab, und in ihrer Flucht schmeißt sie mit einer heftigen Bewegung den Kinderwagen um, in dem das aus dem Schlaf gerissene Kind sofort zu schreien anfängt.

»Sag mal, geht's noch?«, schreit die Nanny, deren Einkäufe im Rinnstein gelandet sind. Louise ist schon auf und davon. Auf der Straße scharen sich die Leute um die Afrikanerin. Einige sammeln die Mandarinen auf, die über den Gehweg kullern, jemand wirft das aufgeweichte Baguette in den Mülleimer. Alle sind um das Baby besorgt, dem zum Glück nichts passiert ist.

Lydie wird diese unglaubliche Geschichte einige Male erzählen, und sie wird schwören: »Nein, das war kein Versehen. Sie hat den Kinderwagen umgestoßen. Sie hat es mit Absicht getan.«

Das Kind ist zur fixen Idee geworden. Sie denkt an nichts anderes mehr. Dieses Baby, das sie wahnsinnig lieben wird, ist die Lösung all ihrer Probleme. Einmal unterwegs, wird es die Giftspritzen aus dem Park zum Schweigen bringen, ihren schrecklichen Vermieter in Schach halten. Es wird Louises Platz in seinem Königreich bewahren. Sie redet sich ein, Paul und Myriam hätten nicht genug Zeit füreinander. Mila und Adam stünden seiner Ankunft im Weg. Ihre Schuld ist es, wenn die Eltern nicht zueinanderfinden. Ihre Capricen laugen sie aus, Adams allzu leichter Schlaf reißt sie aus ihren Umarmungen. Wenn sie die quengelnden, ihre Liebe einfordernden Kinder nicht immerzu am Bein hätten, könnten Paul und Myriam loslegen und Louise ein Baby machen. Sie begehrt dieses Baby mit der Zwanghaftigkeit einer Fanatikerin, der Blindheit einer Besessenen. Sie will es so sehr, wie sie selten etwas gewollt hat, so sehr, dass es wehtut, dass sie bereit ist, alles zu ersticken, zu verbrennen, zu vernichten, was die Erfüllung ihres Verlangens durchkreuzt.

Eines Abends erwartet Louise Myriam voller Ungeduld. Als diese die Tür öffnet, springt Louise ihr mit glänzenden Augen entgegen. Sie hält Mila an der Hand. Die

Nanny wirkt gespannt, konzentriert. Es scheint sie große Mühe zu kosten, sich zu beherrschen, nicht zu hüpfen oder zu schreien. Den ganzen Tag hat sie an diesen Moment gedacht. Sie findet ihren Plan perfekt, und Myriam muss nun nur noch zustimmen, sich verführen lassen, in Pauls Arme sinken.

»Ich würde gern mit den Kindern ins Restaurant gehen. So können Sie in Ruhe zu Abend essen, mit Ihrem Mann.«

Myriam legt ihre Tasche auf den Sessel. Louise folgt ihr mit den Blicken, geht zu ihr, stellt sich dicht neben sie. Myriam spürt Louises Atem auf ihrer Haut. Sie macht sie ganz wuschig. Louise ist wie ein Kind, dessen Augen fragen »Und?«, dessen ganzer Körper vor Ungeduld und freudiger Erregung bebt.

»Na ja, ich weiß nicht. Damit haben wir nicht gerechnet. Vielleicht ein andermal.« Myriam zieht die Jacke aus und will ins Schlafzimmer gehen. Aber Mila hält sie zurück. Das Kind tritt auf, als perfekte Komplizin seiner Nounou. Es fleht mit seinem lieben Stimmchen:

»Bitte, Mami. Wir möchten mit Louise ins Restaurant gehen.«

Schließlich gibt Myriam nach. Sie besteht darauf, das Essen zu bezahlen, und wühlt schon in ihrer Handtasche, aber Louise hält sie zurück. »Bitte. Heute Abend lade ich die Kinder ein.«

Tief in ihrer Tasche, an ihrem Schenkel, hat Louise einen Geldschein, den sie manchmal mit den Fingerspitzen streichelt. Sie gehen zu Fuß zum Restaurant. Sie hat das kleine Bistro schon vorher ausfindig gemacht, in dem vor allem Studenten einkehren, um für drei Euro ein Bier zu trinken. Aber an diesem Abend ist es so gut wie leer. Der Inhaber, ein Chinese, sitzt im Neonlicht hinter dem Tresen. Er trägt ein grell gemustertes rotes Hemd und unterhält sich mit einer Frau, die die Socken auf ihre dicken Knöchel heruntergerollt hat. An den Tischen draußen rauchen zwei Männer.

Louise schiebt Mila in das Lokal. Drinnen wabert ein Geruch nach kaltem Tabak, Fleischsoße und Schweiß, von dem Mila übel wird. Das kleine Mädchen ist sehr enttäuscht. Es setzt sich, mustert den leeren Gastraum, die schmutzigen Regale, auf denen Ketchup- und Senfflaschen stehen. So hat sie sich das nicht vorgestellt. Sie dachte, sie würde hübsche Damen sehen und es gäbe Lärm, Musik und Liebespaare. Stattdessen lässt sie ihren Kopf auf den Tisch sinken und glotzt in den Fernseher über der Theke.

Louise, mit Adam auf dem Schoß, sagt, dass sie nichts essen möchte. »Ich suche euch was aus, ja?« Ehe Mila antworten kann, ordert Louise schon Würstchen mit Pommes. »Sie teilen sich eine Portion«, erklärt sie. Der Chinese antwortet kaum und nimmt ihr die Karte aus der Hand.

Louise hat ein Glas Wein bestellt, das sie ganz langsam trinkt. Liebenswürdig versucht sie, sich mit Mila zu unterhalten. Sie hat Blätter und Stifte mitgebracht, die sie auf den Tisch legt. Aber Mila hat keine Lust zu zeichnen. Sie hat auch keinen rechten Hunger und rührt ihren Teller kaum an. Adam sitzt wieder in seinem Buggy und reibt sich die Augen mit seinen kleinen Fäusten.

Louise betrachtet die Fensterscheibe, ihre Uhr, die Straße, den Tresen, auf den sich der Wirt stützt. Sie knabbert an ihren Nägeln, lächelt, dann verschwimmt ihr Blick, gleitet ins Leere. Sie würde ihre Hände gern mit irgendetwas beschäftigen, ihren Geist ganz auf einen einzigen Gedanken richten, aber sie ist nichts als zerbrochenes Glas, ihre

Seele ist mit Kieselsteinen beschwert. Mehrmals fährt sie mit der angewinkelten Hand über den Tisch, als wolle sie unsichtbare Brosamen zusammenschieben oder die kalte Oberfläche glatt streichen. Wirre, unzusammenhängende Bilder dringen auf sie ein, ziehen immer schneller vorbei, verbinden Erinnerungen mit Bedauern, Gesichter mit nie erreichten Wunschvorstellungen. Der Geruch nach Plastik im Klinikhof, in dem man mit ihr spazieren ging. Stéphanies zugleich schallendes und unterdrücktes Lachen, wie das einer Hyäne. Vergessene Kindergesichter, weiches Haar, das man mit den Fingerspitzen streichelt, der fahle Geschmack einer Apfeltasche, die in einer Tüte vertrocknet war und die sie trotzdem gegessen hatte. Sie hört Bertrand Alizards Stimme, seine Stimme, die lügt, und darunter mischen sich die Stimmen der anderen, all derer, die ihr Anweisungen oder Ratschläge gegeben haben, die Befehle erteilt haben, sogar die sanfte Stimme dieser Gerichtsvollzieherin, die, das weiß sie noch, Isabelle hieß.

Sie lächelt Mila zu, die sie gerne trösten würde. Sie weiß genau, dass das kleine Mädchen den Tränen nahe ist. Sie kennt dieses Gefühl, diese Last auf der Brust, dieses Unbehagen, da zu sein. Sie weiß auch, dass Mila sich zusammenreißt, dass sie beherrscht ist und sehr höflich und für ihr Alter ungewöhnlich aufmerksam sein kann. Louise bestellt noch ein Glas. Während sie trinkt, beobachtet sie die Kleine, deren Blick starr auf den Bildschirm gerichtet ist, und erahnt unter der kindlichen Maske schon recht genau die Züge ihrer Mutter. In den unschuldigen Gesten des Mädchens keimt die Nervosität der Frau, die Barschheit der Chefin.

Der Chinese sammelt die leeren Gläser und den halb vollen Teller ein. Er legt die Rechnung auf den Tisch, die er auf ein kariertes Blatt gekritzelt hat. Louise rührt sich nicht. Sie wartet, dass die Zeit vergeht, die Nacht voranschreitet, sie denkt an Paul und Myriam, die sich an ihrer Zweisamkeit erfreuen, an der leeren Wohnung, dem Abendessen, das sie auf den Tisch gestellt hat. Sie haben sicher im Stehen in der Küche gegessen, wie früher, bevor die Kinder kamen. Paul schenkt seiner Frau Wein ein, trinkt sein Glas aus. Seine Hand gleitet nun über Myriams Haut, und sie lachen, so sind sie, Leute, die bei der Liebe lachen, beim Begehren, ohne Scham.

Endlich steht Louise auf. Sie verlassen das Restaurant. Mila ist erleichtert. Ihre Lider sind schwer, sie möchte nach Hause in ihr Bett. Adam ist in seinem Buggy eingeschlafen. Louise zieht die Decke über dem Kind zurecht. Kaum wird es dunkel, nimmt der Winter, der sich nur versteckt hat, seinen Platz wieder ein und dringt unter die Kleider.

Louise nimmt die Hand des kleinen Mädchens, und so laufen sie lange Zeit durch Pariser Straßen, aus denen alle Kinder verschwunden sind. Sie folgen den Grands Boulevards, kommen an Theatern und überfüllten Cafés vorbei. Sie schlagen immer dunklere und engere Wege ein, die manchmal auf kleine Plätze münden, wo Jugendliche an einen Mülleimer gelehnt Joints rauchen.

Mila erkennt diese Straßen nicht. Ein gelbes Licht erhellt die Gehsteige. Diese Häuser, die Restaurants scheinen ihr sehr weit von ihrem Zuhause entfernt zu sein, und sie sieht Louise besorgt an. Sie erwartet ein beruhigendes Wort. Vielleicht eine Überraschung? Aber Louise geht immer weiter, und nur ein gemurmeltes »Auf, kommst du?« durchbricht ab und zu ihr Schweigen. Die Kleine verdreht sich die Knöchel auf dem Kopfsteinpflaster, die Angst zieht ihr den Magen zusammen, doch sie ist überzeugt, dass ihre Klagen alles nur noch schlimmer machen würden. Sie spürt, dass es nichts bringen würde, wenn sie jetzt bockig wäre. In der Rue Montmartre betrachtet Mila die jungen Mädchen, die vor den Bars rauchen, Mädchen auf hohen Absätzen, die etwas zu laut sind und vom Wirt angeschnauzt werden: »Wir haben hier auch Nachbarn, schreit nicht so rum!« Die Kleine hat jegliche Orientierung verloren, sie weiß nicht mehr, ob sie noch in derselben Stadt sind, ob sie von hier aus ihr Haus sehen kann, ob ihre Eltern wissen, wo sie ist.

Plötzlich bleibt Louise mitten auf einem belebten Gehweg stehen. Sie sieht hoch, stellt den Buggy an eine Wand und fragt Mila:

»Welche Sorte möchtest du?«

Hinter der Vitrine wartet ein Mann mit angeödetem Gesicht, dass sich das Kind entscheidet. Mila ist zu klein, um die Eiswannen zu sehen, sie stellt sich auf die Zehenspitzen und antwortet dann hastig:

»Erdbeere.«

Eine Hand in Louises, in der anderen die Waffel, geht Mila den Weg in der Dunkelheit zurück und schleckt dabei ihr Eis, von dem sie furchtbare Kopfschmerzen bekommt. Sie kneift die Augen fest zu, damit der Schmerz weggeht, versucht sich auf den Geschmack zerdrückter Erdbeeren zu konzentrieren und auf die kleinen Fruchtstückchen, die zwischen ihren Zähnen hängen bleiben. Das Eis landet in schweren Flocken in ihrem leeren Magen.

Sie nehmen den Bus, um nach Hause zu kommen. Mila fragt, ob sie das Ticket in den Apparat stecken darf, wie sie es immer tut, wenn sie zusammen Bus fahren. Aber Louise sagt ihr, sie solle still sein. »Keine Sorge, nachts braucht man keine Karte.«

Als Louise die Wohnungstür öffnet, liegt Paul auf dem Sofa. Mit geschlossenen Augen hört er eine Schallplatte. Mila rennt zu ihm. Sie wirft sich in seine Arme und schmiegt ihr eisiges Gesicht an den Hals ihres Vaters. Paul tut so, als würde er mit ihr schimpfen, weil sie so lange aus war und sich den ganzen Abend in einem Lokal vergnügt hat wie eine große junge Dame. Myriam, so sagt er ihnen, hat ein Bad genommen und sich dann früh hingelegt. »Sie war ganz erschöpft von der Arbeit. Ich habe sie gar nicht mehr gesehen.«

Louise wird von heftiger Verzweiflung gepackt. Es hat alles nichts genützt. Ihr ist kalt, die Beine tun ihr weh, sie hat ihr letztes Geld ausgegeben, und Myriam hat nicht mal auf ihren Mann gewartet, ehe sie schlafen ging.

Man fühlt sich einsam mit Kindern. Sie pfeifen auf den Zuschnitt unserer Welt. Sie erahnen ihre Härte und Düsternis, wollen aber nichts davon wissen. Louise redet mit ihnen, und sie drehen den Kopf weg. Sie hält ihre Hände, begibt sich auf ihre Augenhöhe, doch sie schauen schon woandershin, haben etwas gesehen. Sie haben ein Spiel entdeckt, das ihre Unaufmerksamkeit entschuldigt. Sie tun nicht so, als würden sie die Unglücklichen bedauern.

Sie setzt sich neben Mila. Das kleine Mädchen hockt auf einem Stuhl und malt. Fast eine Stunde kann sie so konzentriert mit ihren Blättern und ihrem Haufen Filzstifte verbringen. Sie malt eifrig, achtet aufs kleinste Detail. Louise liebt es, neben ihr zu sitzen und zuzusehen, wie sich die Farben auf dem Blatt ausbreiten. Still ist sie zugegen, wenn gigantische Blumen im Garten eines orangen Hauses erblühen, wo Figuren mit langen Fingern und langgliedrigen Körpern auf dem Rasen schlafen. Mila lässt kein Fleckchen leer. Wolken, fliegende Autos, dicke Ballons erfüllen dicht gedrängt den Himmel.

»Was ist das da?«, fragt Louise.

»Das?« Mila legt den Finger auf eine riesige, lächelnde liegende Figur, die das halbe Blatt bedeckt.

»Das ist Mila.«

Louise findet keinen Trost mehr bei den Kindern. Die Geschichten, die sie erzählt, erlahmen, und Mila macht sie darauf aufmerksam. Die mystischen Wesen verlieren an Lebendigkeit und Glanz. Mittlerweile haben die Helden Sinn und Zweck ihres Kampfes vergessen, ihre Märchen sind nur noch Berichte von endlosen zerstückelten, verworrenen Irrfahrten, verarmten Prinzessinnen und kranken Drachen, egoistische Selbstgespräche, die den Kindern nichts sagen und sie zappelig machen. »Denk dir etwas anderes aus«, bettelt Mila, und Louise fällt nichts ein, sie steckt in ihren Worten fest wie in Treibsand.

Louise lacht weniger, sie ist nicht bei der Sache, wenn sie Pferd spielen oder eine Kissenschlacht machen. Dabei vergöttert sie diese beiden Kinder, denen sie stundenlang zusieht. Sie könnte weinen, wenn sie ihr ab und zu diese Hilfe oder Anerkennung heischenden Blicke zuwerfen. Vor allem liebt sie, wie Adam sich umdreht, um sich zu vergewissern, dass sie Zeugin seiner Fortschritte, seiner Freuden ist, und um ihr zu zeigen, dass etwas in allem, was er tut, für sie, und nur für sie bestimmt ist. Sie möchte ihre Unschuld, ihren Enthusiasmus in sich aufsaugen, sich daran berauschen. Möchte mit den Augen der beiden sehen können, wenn sie etwas zum ersten Mal betrachten, wenn sie das Funktionieren eines Mechanismus begreifen und wollen, dass er sich endlos wiederholt, ohne jemals, schon vorher, an den Überdruss zu denken, der sich einstellen wird.

Louise lässt den ganzen Tag den Fernseher laufen. Sie sieht sich apokalyptische Reportagen an, idiotische Sendungen, Spiele, deren Regeln sie nicht ganz versteht. Seit den Attentaten hat Myriam ihr verboten, die Kinder fernsehen zu lassen. Aber Louise schert sich nicht darum. Mila weiß, dass sie vor ihren Eltern nicht wiederholen darf, was sie gesehen hat. Dass sie die Worte »Verfolgungsjagd«, »Terrorist«, »Tote« nicht sagen darf. Das Kind guckt stumm und begierig die vorbeiziehenden Nachrichten. Wenn sie nicht mehr kann, wendet sie sich ihrem Bruder zu. Sie spielen, sie streiten. Mila drückt ihn gegen die Wand, und der Kleine brüllt, ehe er ihr ins Gesicht springt.

Louise dreht sich nicht um. Sie sitzt vollkommen reglos da, die Augen starr auf den Bildschirm geheftet. Die Nounou weigert sich, in den Park zu gehen. Sie will den anderen Frauen nicht begegnen, oder der Nachbarin, vor der sie sich erniedrigt hat, indem sie ihr ihre Dienste anbot. Die Kinder tigern unruhig in der Wohnung herum, sie betteln, sie möchten rausgehen, mit ihren Freunden spielen, eine Schokowaffel kaufen.

Das Geschrei der Kleinen geht ihr auf die Nerven, sie würde auch gern schreien. Das aufreibende Piepsen der Kinder, ihre schrillen Stimmen, ihr ewiges »Warum?«, ihre egoistischen Bedürfnisse spalten ihr den Schädel. »Wann ist morgen?«, fragt Mila hunderte Male. Louise kann ihnen kein Lied vorsingen, ohne dass sie es gleich noch mal hören wollen, alles muss man ihnen endlos wiederholen, Geschichten, Spiele, Grimassen, und Louise hält es nicht mehr aus. Sie hat kein Verständnis mehr für ihr Weinen, ihre Launen, ihre überdrehte Freude. Manchmal packt sie die Lust, ihre Finger um Adams Hals zu legen und ihn zu schütteln, bis er ohnmächtig wird. Sie verscheucht diese Vorstellung mit einer energischen Kopfbewegung. Es gelingt ihr, nicht mehr daran zu denken, aber eine düstere und zähe Woge hat sie erfasst.

»Jemand muss sterben. Jemand muss sterben, damit wir glücklich sind.«

Morbide Kehrreime wiegen Louises Gedanken, während sie läuft. Sätze, die sie nicht erfunden hat und deren Sinn sie vielleicht nicht einmal ganz versteht, erfüllen ihren Geist. Ihr Herz ist hart geworden. Die Jahre haben es mit einer dicken, kalten Kruste überzogen, und sie hört es kaum noch schlagen. Nichts vermag sie mehr zu berühren. Sie muss zugeben, dass sie nicht mehr lieben kann. Sie hat alle Zärtlichkeit ausgeschöpft, die darin war, ihre Hände haben nichts mehr zu liebkosen.

»Ich werde dafür bestraft werden«, hört sie sich denken. »Ich werde dafür bestraft werden, dass ich nicht mehr lieben kann.«

Es gibt Fotos von diesem Nachmittag. Sie sind nicht entwickelt worden, aber sie existieren, irgendwo in den Tiefen einer Kamera. Man sieht darauf vor allem die Kinder. Adam, der halb nackt im Gras liegt. Er schaut zur Seite, mit abwesendem, trotz seines zarten Alters fast melancholischem Blick aus seinen großen blauen Augen. Auf einem der Bilder rennt Mila einen breiten, baumbestandenen Weg entlang. Sie hat ein weißes Kleid mit aufgedruckten Schmetterlingen an. Sie ist barfuß. Auf einem anderen Bild trägt Paul Adam auf den Schultern und Mila auf dem Arm. Myriam ist hinter dem Objektiv. Sie hat diesen Augenblick festgehalten. Das Gesicht ihres Ehemanns ist verschwommen, sein Lächeln hinter einem Fuß des kleinen Jungen verborgen. Myriam lacht auch, sie denkt nicht daran, ihnen zu sagen, dass sie still halten sollen. Dass sie einen Moment aufhören sollen zu zappeln. »Für das Foto, bitte.«

Dabei liegt ihr viel an diesen Bildern, die sie zu Hunderten schießt und in wehmütigen Momenten ansieht. In der Metro, zwischen zwei Terminen, manchmal sogar während eines Abendessens lässt sie die Porträts ihrer Kinder unter ihren Fingern hindurchgleiten. Sie glaubt auch, dass es ihre Pflicht als Mutter ist, diese Augenblicke einzufangen, die Beweise vergangenen Glücks zu bewahren. Eines Tages wird sie sie Mila oder Adam unter die Nase halten können. Sie wird von ihren Erinnerungen erzählen, und das Foto wird lange zurückliegende Gefühle wachrufen, Details, eine Stimmung. Man hat ihr immer gesagt, dass Kinder nur ein vergängliches Glück seien, eine flüchtige Vision, eine Sehnsucht. Eine ewige Metamorphose. Pausbackige Gesichter, die ernst werden, ohne dass man es bemerkt hätte. Also betrachtet sie, wann immer sie dazu Gelegenheit hat, am Display des iPhones ihre Kinder, die für sie die schönste Landschaft der Welt darstellen.

Pauls Freund Thomas hat sie eingeladen, den Tag in seinem Haus auf dem Land zu verbringen. Er zieht sich dorthin zurück, um Lieder zu komponieren und einen hartnäckigen Alkoholismus zu pflegen. Thomas züchtet auch Ponys auf seinem Grundstück. Unwirkliche Ponys, blond wie amerikanische Schauspielerinnen und kurzbeinig. Ein Bach fließt durch den riesigen Park, dessen Grenzen Thomas selbst nicht kennt. Die Kinder picknicken auf der Wiese. Die Eltern trinken Rosé, und irgendwann stellt Thomas den Pappkanister, an dem er ständig nuckelt, direkt auf den Tisch. »Wir sind schließlich unter uns, oder? Da wollen wir uns mal nicht so haben.«

Thomas hat keine Kinder, und Paul und Myriam kämen nicht auf die Idee, ihn mit ihren Nanny-, Erziehungs- oder Familienurlaubsgeschichten zu langweilen. An diesem schönen Tag im Mai vergessen sie ihre Ängste. Ihre Sorgen erscheinen ihnen als das, was sie sind: kleine Kümmernisse des Alltags, fast belanglos. Sie haben nur noch die Zukunft im Sinn, ihre Projekte, bevorstehende Freuden. Myriam ist sich sicher, dass Pascal ihr im September vorschlagen wird,

Partnerin in der Kanzlei zu werden. Dann kann sie sich ihre Fälle aussuchen, den Referendaren die unliebsamen Arbeiten überlassen. Paul sieht seine Frau und die Kinder an. Er sagt sich, dass sie das Gröbste hinter sich haben, dass das Beste noch kommt.

Einen wunderschönen Tag lang rennen und spielen sie im Park. Die Kinder reiten auf den Ponys und geben ihnen Äpfel und Möhren zu fressen. Sie jäten Unkraut im sogenannten Gemüsegarten, in dem nie eine Nutzpflanze gewachsen ist. Paul schnappt sich eine Gitarre und bringt alle zum Lachen. Dann sind sie still, während Thomas singt und Myriam ihn begleitet. Staunend betrachten die Kinder diese klugen Erwachsenen, die in einer unverständlichen Sprache singen können.

Als sie aufbrechen wollen, fangen die Kleinen an zu schreien. Adam wirft sich auf den Boden, er weigert sich zu gehen. Mila, die auch ganz erschossen ist, schluchzt auf Thomas' Arm. Kaum sitzen sie im Auto, schlafen die Kinder ein. Myriam und Paul schweigen. Sie betrachten die Rapsfelder im rötlichen Sonnenuntergang, der den Autobahnraststätten, den Industriegebieten und den grauen Windrädern einen Hauch von Poesie verleiht.

Die Autobahn ist wegen eines Unfalls dicht, und Paul, den Staus wahnsinnig machen, beschließt die nächste Ausfahrt zu nehmen und auf die Route Nationale auszuweichen. »Ich brauche nur meinem Navi zu folgen.« Sie fahren durch dunkle Straßen, die gesäumt sind von hässlichen, spießigen Häusern mit verschlossenen Fensterläden. Myriam nickt ein. Die Blätter der Bäume funkeln wie tausende Diamanten im Licht der Straßenlaternen. Ab und zu öffnet sie die

Augen, besorgt, dass Paul auch wegdämmern könnte. Paul beruhigt sie, und sie schläft wieder ein.

Sie wird von lautem Hupen geweckt. Die Augen halb geschlossen, noch benebelt vom Schlaf und dem Zuviel an Rosé, erkennt sie die Avenue, auf der sie feststecken, nicht gleich. »Wo sind wir?«, fragt sie Paul, der nicht antwortet, der keine Ahnung hat und ganz damit beschäftigt ist, herauszufinden, was hier den Verkehr blockiert. Myriam sieht sich um. Sie wäre wieder eingeschlafen, wenn sie nicht, dort auf dem Bürgersteig gegenüber, Louises vertraute Silhouette bemerkt hätte.

»Schau mal«, sagt sie und streckt den Arm aus. Aber Paul ist auf den Stau konzentriert. Er überlegt, wie er da wieder herauskommen oder wenden könnte. Er ist auf einer Kreuzung gelandet, auf die von allen Seiten Autos hereindrängen und dann stecken bleiben. Motorroller bahnen sich einen Weg, Fußgänger streifen die Motorhauben. Die Ampeln springen von Rot auf Grün. Niemand kommt voran.

»Schau mal, da. Ich glaube, das ist Louise.«

Myriam richtet sich ein wenig in ihrem Sitz auf, um das Gesicht der Frau, die dort auf der anderen Seite der Kreuzung entlanggeht, besser sehen zu können. Sie könnte die Scheibe herunterlassen und nach ihr rufen, aber das würde lächerlich wirken, und Louise würde sie ganz bestimmt nicht hören. Myriam sieht die blonden Haare, den Knoten im Nacken, Louises unnachahmlichen, geschäftigen und zitternden Gang. Die Nounou, scheint ihr, geht langsam und betrachtet dabei die Schaufenster der Einkaufsstraße. Dann verliert Myriam sie aus den Augen, ihr schmächtiger Körper wird von Passanten verdeckt und von einer lachenden, winkenden Gruppe fortgespült. Auf der anderen Seite des Fußgängerüberwegs taucht sie kurz darauf wieder auf, wie in einem alten, schon etwas verblassten Farbfilm, der in einem in der Dunkelheit unwirklich erscheinenden Paris spielt. Louise passt nicht ins Bild mit ihrem ewigen Bubi-Kragen und dem zu langen Rock, wie eine Figur, die sich in der Geschichte geirrt hat und sich in einer fremden Welt wiederfindet, auf ewig dazu verdammt, umherzuirren.

Paul hupt wütend, und die Kinder schrecken aus dem Schlaf. Er streckt den Arm aus dem Fenster, sieht nach hinten und biegt fluchend in eine Seitenstraße ein. Myriam würde ihn gern zurückhalten, ihm sagen, dass sie Zeit haben und dass es nichts bringt, sich aufzuregen. Wehmütig betrachtet sie bis zuletzt Louises Gestalt, die reglos unter einer Laterne steht, beinahe verschwommen, wie ein Trugbild, und auf etwas wartet, an einer Grenze, die sie gleich überschreiten und hinter der sie verschwinden wird.

Myriam drückt sich in ihren Sitz. Sie sieht wieder nach vorne, aufgewühlt, als wäre sie soeben einer fernen Erinnerung begegnet, einer sehr alten Bekanntschaft, einer Jugendliebe. Sie fragt sich, wohin Louise geht, ob sie es wirklich war, was sie dort tat. Sie hätte sie so gerne weiter durch diese Scheibe beobachtet, sie leben sehen. Sie so zufällig auf diesem Gehweg zu sehen, weit weg von ihrer gewohnten Umgebung, weckt in ihr eine brennende Neugier. Zum ersten Mal versucht sie sich ganz konkret all das vorzustellen, was Louise ist, wenn sie nicht bei ihnen ist.

Als er seine Mutter den Namen der Nounou sagen hörte, hat auch Adam aus dem Fenster geschaut.

»Das ist meine Nounou«, schreit er, indem er mit dem Finger auf sie zeigt, als könne er nicht fassen, dass sie woanders lebt, alleine, dass sie irgendwo entlanggeht, ohne sich auf einen Buggy zu stützen oder ein Kind an der Hand zu halten.

Er fragt:

»Wohin geht Louise?«

»Sie geht nach Hause«, antwortet Myriam. »In ihre Wohnung.«

Hauptkommissarin Nina Dorval liegt mit offenen Augen auf dem Bett in ihrer Wohnung am Boulevard de Strasbourg. Paris ist menschenleer in diesem verregneten August. Die Nacht ist still. Morgen früh um 7 Uhr 30, um die Zeit, zu der Louise jeden Tag zu den Kindern kam, werden sie die Amtssiegel von der Wohnung in der Rue d'Hauteville entfernen und den Tathergang nachstellen. Nina hat den Untersuchungsrichter, den Staatsanwalt und die Anwälte informiert. »Ich übernehme die Nanny«, hat sie gesagt. Niemand würde wagen, ihr zu widersprechen. Die Hauptkommissarin kennt den Fall besser als jeder andere. Sie war die Erste am Tatort nach dem Anruf von Rose Grinberg. Die Musiklehrerin schrie: »Es ist die Nanny. Sie hat die Kinder umgebracht.«

An jenem Tag hat die Polizistin ihr Auto vor dem Gebäude geparkt. Ein Rettungswagen war gerade weggefahren. Man brachte das kleine Mädchen zum nächsten Krankenhaus. Die Schaulustigen verstopften schon die Straße, fasziniert vom Heulen der Sirenen, dem hektischen Treiben der Sanitäter, den bleichen Gesichtern der Polizeibeamten. Die Passanten gaben vor, auf etwas zu warten, sie stellten Fragen, harrten auf der Schwelle der Bäckerei oder in einem

Torbogen aus. Ein Mann fotografierte mit ausgestrecktem Arm den Hauseingang. Nina ließ ihn abführen.

Im Treppenhaus ist Nina den Rettungshelfern begegnet, die die Mutter wegbrachten. Die Tatverdächtige war noch oben, ohne Bewusstsein. In der Hand hielt sie ein kleines Messer mit weißem Keramikgriff. »Schafft sie durch die Hintertür hinaus«, befahl Nina.

Sie hat die Wohnung betreten. Hat jedem eine Aufgabe zugewiesen. Sie hat den Männern von der Spurensicherung in ihren weiten weißen Schutzanzügen bei der Arbeit zugesehen. Im Badezimmer hat sie ihre Handschuhe ausgezogen und sich über die Wanne gebeugt. Zuerst hat sie nur die Fingerspitzen eingetaucht, sie durch das trübe, eiskalte Wasser gezogen und es aufgewühlt. Ein Piratenboot wurde von den Wellen erfasst. Sie konnte sich nicht dazu entschließen, die Hand herauszunehmen, etwas zog sie auf den Grund. Sie hat ihren Arm bis zum Ellbogen eingetaucht, dann bis zur Schulter, und so hat ein Beamter sie gefunden, vor der Wanne hockend, mit klatschnassem Ärmel. Er bat sie, den Raum zu verlassen; er müsse Spuren erfassen.

Nina Dorval ging in der Wohnung herum, das Diktiergerät an den Lippen. Sie hat die Räume beschrieben, den Geruch nach Seife und Blut, die Geräusche des laufenden Fernsehers, welche Sendung gerade ausgestrahlt wurde. Kein Detail wurde ausgelassen: das geöffnete Bullauge der Waschmaschine, aus dem ein zerknittertes Hemd hing, das volle Spülbecken, die auf dem Boden liegenden Kleidungsstücke der Kinder. Auf dem Tisch standen zwei rosa Plastikteller, auf denen die Reste eines Mittagessens eintrockneten. Man hat die Hörnchennudeln und Schinkenwürfel fotografiert. Später, als sie mehr über Louise erfahren hatte, als man ihr die legendäre Geschichte dieser zwanghaft peniblen Nanny erzählt hatte, wunderte sich Nina Dorval über das Durcheinander in der Wohnung.

Sie hat Kommissar Verdier zur Gare du Nord geschickt, um Paul abzuholen, der von einer Reise zurückkam. Er wird wissen, wie er es anstellen muss, hat sie gedacht. Das ist ein erfahrener Mann, er wird die richtigen Worte finden, um ihn zu beruhigen. Der Kommissar ist deutlich zu früh gekommen. Er hat sich an ein geschütztes Plätzchen gesetzt und zugeschaut, wie die Züge einfuhren. Er hätte gerne geraucht. Passagiere sind schubweise aus einem Waggon ausgestiegen und losgerannt. Sie mussten sicher einen Anschlusszug erreichen, und der Polizeibeamte folgte mit den Blicken dieser schwitzenden Menge, den Frauen in hochhackigen Schuhen, die ihre Handtaschen an sich pressten, den Männern, die riefen: »Aus dem Weg!« Dann ist der Zug aus London angekommen. Kommissar Verdier hätte direkt am Waggon warten können, in dem Paul saß, aber er zog es vor, sich am Ende des Quais aufzustellen. Er hat den nunmehr verwaisten Vater auf sich zulaufen sehen, Kopfhörer auf den Ohren, eine Tasche in der Hand. Er ist ihm nicht entgegengegangen. Er wollte ihm noch ein paar Minuten lassen. Noch ein paar Sekunden, ehe er ihn in eine endlose Finsternis stürzte.

Der Polizist hat ihm seine Dienstmarke gezeigt. Er hat ihn gebeten, ihm zu folgen, und Paul dachte zuerst, das sei ein Irrtum.

Woche um Woche hat Hauptkommissarin Dorval den Tathergang rekonstruiert. Trotz Louises Schweigen, die nicht aus dem Koma erwachte, trotz der übereinstimmenden Zeugenaussagen über diese mustergültige Nanny, hat sie sich gesagt, dass es ihr gelingen würde, den Fehler zu finden. Sie hat sich geschworen zu verstehen, was in dieser geheimen und heimeligen Kinderwelt, hinter den verschlossenen Türen, passiert ist. Sie hat Wafa aufs Kommissariat bestellt und vernommen. Die junge Frau hörte nicht auf zu weinen, sie brachte kein Wort heraus, bis die Beamtin schließlich die Geduld verlor. Sie hat ihr gesagt, dass sie sich einen Scheißdreck um Wafas Situation, ihre Papiere, ihren Arbeitsvertrag, Louises Versprechen und ihre eigene Naivität schere. Was sie wissen wolle, sei, ob sie Louise an jenem Tag gesehen habe. Wafa hat erzählt, dass sie am Morgen zur Wohnung der Massés gekommen sei. Sie hat geklingelt, und Louise hat die Tür einen Spaltbreit geöffnet. »Gerade so, als ob sie etwas zu verbergen hätte.« Aber Alphonse war zwischen Louises Beinen hindurchgeschlüpft und zu den Kindern gerannt, die noch im Pyjama vor dem Fernseher saßen. »Ich habe versucht, sie zu überreden, habe ihr gesagt, dass wir spazieren gehen könnten. Das Wetter war schön, und die Kinder würden sich drinnen langweilen.« Louise hatte nicht hören wollen. »Ich habe Alphonse gerufen, der sehr enttäuscht war, und wir sind gegangen.«

Doch Louise ist nicht in der Wohnung geblieben. Rose Grinberg ist sich ganz sicher, sie hat die Nanny im Hauseingang getroffen, eine Stunde vor ihrem Mittagsschlaf. Eine Stunde vor dem Mord. Woher kam Louise? Wo war sie hingegangen? Wie lange war sie unterwegs gewesen? Die Ermittler sind mit Louises Foto durchs Viertel gezogen. Sie haben alle befragt. Sie mussten den Lügnern das Wort abschneiden und den Einzelgängern, die fabulierten, um sich die Zeit zu vertreiben. Sie sind zu der kleinen Grünanlage gegangen, zum Café Le Paradis, in die Passagen der Rue du Faubourg-Saint-Denis und haben mit den Händlern gesprochen. Und dann haben sie dieses Video aus dem Supermarkt gefunden. Tausend Mal hat sich die Kommissarin die Aufnahme angesehen. Bis zum Erbrechen ist sie Louises ruhigem Gang durch die Regalreihen gefolgt. Sie hat ihre Hände beobachtet, ihre klitzekleinen Hände, die nach einer Milchtüte, einer Packung Kekse und einer Weinflasche griffen. Auf diesen Bildern rennen die Kinder durch die Gänge, ohne dass die Nanny nach ihnen sieht. Adam lässt Schachteln zu Boden fallen, stößt mit einer Frau zusammen, die einen Einkaufswagen schiebt. Mila versucht Schokoladeneier aus einem Regal zu angeln. Louise bleibt gelassen, sie sagt keinen Ton, ruft nicht nach ihnen. Sie geht zur Kasse, und die Kinder laufen lachend zu ihr. Sie werfen sich gegen ihre Beine, Adam zieht an ihrem Rock, doch Louise beachtet sie nicht. Sie zeigt kaum Anzeichen von Gereiztheit, die Polizistin erahnt sie eher, ein leichtes Zusammenziehen der Lippen, ein verstohlener, heimlicher Blick. Louise, sagt sich die Kommissarin, erinnert an diese scheinheiligen Mütter, die im Märchen ihre Kinder im finsteren Wald aussetzen.

Um 16 Uhr schließt Rose Grinberg die Fensterläden. Wafa ist zum Spielplatz gegangen und hat sich auf eine Bank gesetzt. Hervé hat seinen Dienst beendet. Um diese Zeit ist Louise ins Bad gegangen. Morgen wird Nina Dorval dieselben Gesten wiederholen müssen: Den Wasserhahn aufdrehen, ihre Hand unter den Strahl halten, um die Temperatur zu testen, wie sie es bei ihren eigenen Kindern getan hat, als diese noch klein waren. Und sie wird sagen: »Kommt, Kinder. Ab in die Badewanne.«

Man musste Paul fragen, ob Adam und Mila Wasser mochten. Ob sie sich generell nur widerstrebend auszogen. Ob es ihnen Spaß machte, inmitten ihrer Spielsachen zu planschen. »Es könnte einen Streit gegeben haben«, erklärte die Hauptkommissarin. »Glauben Sie, dass sie misstrauisch geworden sein könnten, oder besser, sich gewundert haben könnten, dass sie nachmittags um vier baden sollten?« Man hat dem Vater die Tatwaffe gezeigt. Ein gewöhnliches Küchenmesser, aber so klein, dass Louise es sicher halb in ihrer Hand verbergen konnte. Nina hat ihn gefragt, ob er es wiedererkenne. Ob es ihnen gehöre oder Louise es gekauft habe, ob sie ihre Tat geplant habe. »Lassen Sie sich Zeit«, hat sie gesagt. Aber Paul brauchte keine Zeit. Dieses Messer war ein Geschenk von Thomas, er hatte es ihnen aus Japan mitgebracht. Ein extrem scharfes Messer mit Keramikgriff, das man nur zu berühren brauchte, um sich tief in den Finger zu schneiden. Ein Sushi-Messer, das Myriam aus Aberglauben gegen einen Euro getauscht hatte, um Unglück abzuwehren. »Aber wir haben es nie zum Kochen benutzt. Myriam hatte es oben in einem Schrank verstaut. Sie wollte es außerhalb der Reichweite der Kinder aufbewahren.«

Nachdem sie zwei Monate Tag und Nacht ermittelt hat, zwei Monate damit zugebracht hat, der Vergangenheit dieser Frau nachzuspüren, beginnt Nina zu glauben, dass sie sie besser kennt als irgendjemand sonst. Sie hat Bertrand Alizard einbestellt. Der Mann zitterte auf seinem Stuhl im Büro des Kommissariats. Schweißtropfen liefen über seine Sommersprossen. Er, der solche Angst vor Blut und bösen Überraschungen hatte, war draußen im Flur geblieben, als die Polizei Louises Wohnung durchsuchte. Die Schubladen waren leer, die Scheiben blitzeblank. Sie haben nichts gefunden. Nichts außer einem alten Foto von Stéphanie und ein paar noch verschlossenen Umschlägen.

Nina Dorval hat tief in Louises verkommener Seele gewühlt. Alles wollte sie über sie wissen. Sie hat gedacht, sie könnte mit Faustschlägen die Mauer aus Schweigen niederreißen, hinter der die Nanny sich selbst gefangen hatte. Sie hat die Rouviers vernommen, Monsieur Franck, Madame Perrin, die Ärzte des Henri-Mondor-Krankenhauses, wo Louise wegen affektiver Störungen aufgenommen worden war. Stundenlang hat sie in dem geblümten Heft gelesen, und nachts hat sie von den krummen Buchstaben und den fremden Namen geträumt, die Louise mit dem Eifer eines einsamen Kindes darin notiert hatte. Die Kommissarin hat Nachbarn aus der Zeit aufgestöbert, als Louise noch in dem Haus in Bobigny wohnte. Sie hat die Nannys vom Spielplatz befragt. Niemand schien aus ihr schlau zu werden. »Man sagte sich guten Tag, guten Abend, mehr war da nicht.« Keine besonderen Vorkommnisse.

Und dann hat sie der Beschuldigten dabei zugesehen, wie sie in ihrem weißen Bett schlief. Sie hat die Krankenschwester gebeten, aus dem Zimmer zu gehen. Sie wollte allein sein mit der alternden Puppe. Der schlafenden Puppe, die an Hals und Händen, statt Schmuck, dicke weiße Verbände trug. Im Neonlicht studierte sie die fahlen Lider, den grauen Haaransatz an den Schläfen und eine schwach pulsierende Vene unter dem Ohrläppchen. Sie versuchte auf diesem eingefallenen Gesicht etwas zu lesen, auf dieser spröden Haut, in die die Falten Furchen gezogen hatten. Die Kommissarin hat den reglosen Körper nicht berührt, aber sie hat sich hingesetzt und mit Louise geredet, wie man mit Kinder spricht, die so tun, als würden sie schlafen. Sie hat zu ihr gesagt: »Ich weiß, dass du mich hörst.«

Nina Dorval hat Erfahrung damit: Das Nachstellen eines Falls wirkt manchmal wie Entwickler auf ein Negativ, wie diese Voodoo-Zeremonien, bei denen die Trance aus dem Schmerz eine Wahrheit entspringen lässt und die Vergangenheit sich in einem neuen Licht zeigt. Ist man erst einmal am Schauplatz, kann es passieren, dass der magische Effekt eintritt, ein Detail aufscheint, ein Widerspruch endlich Sinn ergibt. Morgen wird sie das Gebäude in der Rue d'Hauteville betreten, vor dem noch immer ein paar Blumensträuße welken und Kinderzeichnungen verblassen. Sie wird um die Kerzen herumgehen und den Aufzug nehmen. Die Wohnung, in der sich seit jenem Maitag nichts verändert hat, die niemand betreten hat, um ein paar Sachen oder wenigstens die wichtigsten Papiere zu holen, wird die Szenerie eines abscheulichen Theaterstücks sein. Nina Dorval wird drei Mal klopfen.

Dann wird sie sich von einer Woge des Widerwillens verschlingen lassen, einem Abscheu gegenüber allem, dieser Wohnung, dieser Waschmaschine, der immer schmutzigen Spüle, diesen Spielsachen, die ihren Kisten entflohen sind und unter den Tischen verenden, mit gen Himmel gerecktem Schwert und hängenden Ohren. Sie wird Louise sein, Louise, die sich die Finger in die Ohren steckt, um die Schreie und das Weinen nicht mehr zu hören. Louise, die zwischen Zimmer und Küche hin und her läuft, zwischen Bad und Küche, zwischen Mülleimer und Wäschetrockner, vom Bett zum Garderobenschrank, vom Balkon zum Bad. Louise, die zurückkommt und wieder von vorn anfängt,

Louise, die sich bückt und sich auf die Zehenspitzen stellt. Louise, die ein Messer aus dem Schrank holt. Louise, die ein Glas Wein trinkt, am offenen Fenster, einen Fuß auf dem kleinen Balkon.

»Kommt, Kinder. Ab in die Badewanne.«